"책 읽던 등을
불어 끄니
내 몸이 온통
달빛이네!"

내가 만난 우리 시대의 독서가들

전 대통령　문재인

영화감독　박찬욱

중국연구가　김명호

서예가　박원규

변호사　강금실

시인　장석주

출판인　이기웅

번역가　김석희

작가　유시민

인류학자　한경구

소설가　조성기

번역가　박종일

김언호의

서재 탐험

우리 시대 독서가들과 책의 숲을 걷다

한길사

책 읽으니
우리는 이미
친구다

책을 펴내면서
독자에게 드리는 말씀

"책 읽는 사람들은 아름답다.
그 마음이 아름답고
그 행동이 아름답다."

독서가들과의 대화는 늘 즐겁다

그들에게 서재는 영혼의 쉼터이자 창조의 공간이다. 책을 읽고 생각하고 연구하는 서재는 새로운 일을 구현해내는 삶의 공간이다. 왜 그들은 책을 읽는가. 그들에게 책이란 무엇인가.

나는 지난 한철 우리 시대의 독서가들과 책 이야기, 독서 이야기를 나눴다. 즐거운 시간이었다. 그들의 서재에서, 그들의 아름다운 독서세계를 탐험할 수 있다니. 한 출판인으로서 행운이었다.

'김언호의 서재탐험'이라고 이름 붙인 대형칼럼을『서울신문』에 연재했다. 여기에 문재인 대통령을 뵙고『한겨레』에 특별 인터뷰하는 영광도 누렸다.

문재인 대통령을 뵙기 위해 파주출판도시에서 양산까지 두 번이나 걸음했다. 그러나 즐거웠다. 문재인 대통령님의 깊은 생각을 새삼 알게 되었다.

한 권의 책 이야기는 또 다른 책 이야기로 이어진다.
우리 시대 독서가들과 주고받는 책 이야기
독서 이야기는 영원히 끝나지 않을 것 같았다.
다시 만나 말씀을 주고받기도 했다.
독서가들과의 대화는 언제나 즐겁다.
끝없이 전개되는 책들의 사연과 뒷이야기,

"독서가들과의 대화는 언제나 즐겁다.
우리 사회 여러 분야에서 헌신하는 독서가들의 책 이야기,
독서의 체험을 특히 우리 시대의 젊은 친구들에게
들려주고 싶다."

그 사유와 이론!

독서가들의 서재가 뿜어내는 지향(知香)과 미향(美香)!

우리 사회 여러 분야에서 헌신하는 독서가들의 책 이야기,
독서의 체험을 우리 시대의 젊은 친구들에게 들려주고 싶다.

'서재 탐험' 프로그램 하기를 참 잘했다고 생각하고 있다. 이런 독서가들이 있어서 우리 사회가 아름답게 발전하겠다는 생각을 하게 된다. 큰 소리로 그 이름들을 다시 불러보고 싶은 독서가들이다. 이 기획을 한 『서울신문』의 황수정 편집국장(현 수석논설위원)과 이순녀 수석부국장(현 논설위원)께 감사드린다.

책 읽는 사람들은 아름답다

왜 책을 읽는가. 철인 프랜시스 베이컨의 말씀을 나는 좋아한다. 책을 읽어 웅변을 하자는 것이 아니다. 상대의 생각을 반박하자는 것도 아니다. 맹신은 더더욱 아니다. 사유하자는 것이다. 균형 있는 사유를 하자는 것이다.

독서가들은 관용하는 사람들이다. 지성은 나 자신을 겸손하게 하지만, 무지는 우리를 교만하게 한다.

나는 몇 년 전 중국의 청춘도시 선전(深圳)을 잇따라 두 번

방문했다. 명문 인쇄회사 야창(雅昌)의 예술센터를 견학하기 위해서였다. 세계의 아름다운 미술책을 제작해내는 야창의 작업과정을 살펴보고 싶었다. 세계의 아름다운 미술책들을 컬렉션하여 구성한, 가로 50미터 세로 30미터의 장대한 서가가 압권이었다.

"도시가 독서를 사랑함으로써 사람들의 존중을 받는다."

선전의 대형서점 선전서성(深圳書城)에 걸려 있는 현수막이었다. 선전은 책 읽는 도시다. 시민들이 어디서든 도서관의 책을 한껏 대출해 읽을 수 있는 시스템을 곳곳에 구축해놓았다.

지난 설날에 일본의 가나자와(金澤)시를 다녀왔다. 2022년에 새로 건립해 개관한 '이시카와(石川)현립도서관'을 살펴보기 위해서였다. 건축이며 소장도서의 구성이 독특했다. 2004년에 개관한 '21세기미술관'과 함께 가나자와의 문화적 품격을 구현하는 인문적 인프라가 되었다.

"책 읽던 등을 불어 끄니 내 몸이 온통 달빛이네."

吹滅讀書燈 一身都是月

중국의 저명작가 쑨위스(孫玉石, 1935-)의 시구를 책을 펴
내면서 인용하고 싶다.

책 읽는 사람들은 아름답다.
그 마음이 아름답고
그 행동이 아름답다.
책을 읽으니
우리는 이미 친구다.

2023년 4월
파주출판도시에서
출판인 김언호

책과 독서가
아름다운 세상을
만듭니다

작은 마을책방 여는
문재인 대통령과
책을 담론하다

"책을 읽는 분들이
진정으로 우리 사회의
민주화를 위해 앞장섰지요.
책은 민주주의를 의미하고
민주주의를 구현하는
힘이라고 생각합니다."

텃밭에 키우는 메밀

문재인 대통령은 2022년 5월 10일 5년의 임기를 마치고 경상남도 양산시 하북면 지산리 평산마을로 귀향했다. 책 읽는 대통령이 국민의 이웃으로 내려왔다.

나는 책 읽는 대통령에게 우리가 펴낸 책들을 갖다 드리고 싶었다. 대통령의 서재도 보고 싶었다. 대통령의 독서편력을 듣고 싶었다. 퇴임 대통령이어서 부담 같은 것도 없을 것 같았다.

비서실로 연락드려 만남을 약속받았다. 국토의 산하가 붉게 물드는 가을날 오후였다. 1,400년의 고찰 통도사(通度寺)가 자리 잡은 영축산(靈鷲山) 자락의 평산마을, 50여 가구 100여 주민이 대통령과 이웃하고 있다.

문재인 대통령은 재임 시절에도 여러 책들의 독후감을 널리 알렸다. 국민들과 함께 읽고 생각해보자는 말씀도 했다. 6월에는 김희교 교수가 쓴 『짱깨주의의 탄생』을 추천했다. "책 추천이 내용에 대한 동의나 지지가 아니다"면서, "중국을 어떻게 볼 것이며, 우리 외교가 가야 할 방향이 무엇인지, 다양한 관점을 볼 수 있다"고 했다.

대통령은 텃밭에 메밀을 키우고 있다. "고교 때 읽은 이효석의 『메밀꽃 필 무렵』의 느낌이 강렬해서 강원도 봉평까지 메밀꽃을 보러 갔었는데, 우리 집 메밀밭에도 메밀꽃이 피었습니다"고 했다.

7월엔 한국역사연구회 회원 70여 명이 10년에 걸쳐 공동으로 집필해낸『시민의 한국사』를 추천했다. "국정교과서 파동의 성찰 위에서 국가주의적 해석을 배제하고 객관적으로 역사를 서술한, 시민을 위한 역사서"라고 했다. 이어 천현우의『쇳밥일지』, 여성 우주비행사 켈리 제라디가 쓴『우주시대에 오신 것을 환영합니다』, 정지아의 소설『아버지의 해방일지』, 김훈의 소설『하얼빈』을 추천했다.

"저의 책 추천이 어려움을 겪고 있는 출판계에 도움이 된다니 매우 기쁩니다. 제가 오래전부터 책을 추천해온 이유이고 목적입니다. 하지만 베스트셀러는 저의 추천이 아니라 좋은 책이 만드는 것이지요. 저자와 출판사가 노력해낸 산물입니다. 제 추천은 독자가 좋은 책을 만나는 하나의 계기일 뿐입니다."

대통령의 국정 철학을 보여주는 서재

문재인 대통령의 평산마을 서재는 대통령의 국정 철학이 어떤 것이었는지를 보여준다. 우리 근현대사와 민족운동사를 다룬 역사서들, 근현대 문학사를 빛낸 소설들을 통해 대통령의 취향과 문제의식을 살펴볼 수 있다. 재임 시절의 정책을 담아낸 책들도 있다. 지난 1960년대부터 한국사회가 구현해낸 민주화운동의 실천과 이론을 증언하는 책들이다.

박정희 대통령이 그의 부하 김재규에 의해 시해되는 10·26 정변 열하루 전인 1979년 10월 15일 한길사가 출간한『해방전후사의 인식』제1권 초판본이 내 눈에 들어왔다. 역시 우리가 펴낸 최명희의 대하소설『혼불』과 김명호의『중국인 이야기』, 마빈 해리스의『문화의 수수께끼』가 있다. 조동걸의『일제하 한국농민운동사』와 레비스트로스의『슬픈 열대』도 있다. 김구용의『열국지』와 이문열의『삼국지』, 류성룡의『징비록』과 혜초의『왕오천축국전』, 다산연구회의『목민심서』와 박지원의『열하일기』, 다윈의『종의 기원』과 칼 세이건의『코스모스』가 보인다.

평전, 전기, 자서전이 많다.『김대중 자서전』『김영삼 대통령 회고록』『빌 클린턴의 마이 라이프』, 오바마의『담대한 희망』, 『미테랑 평전』『체 게바라 평전』『심산 김창숙 평전』『문익환 평전』『녹두 전봉준 평전』『아웅산 수지 평전』『조영래 평전』『주자 평전』『스콧 니어링 자서전』이 그것들이다. 하워드 진의 『미국민중사』, 톰슨의『영국노동계급의 형성』과 헨리 조지의 『진보와 빈곤』도 있다. 노무현의『운명이다』와 신영복의『감옥으로부터의 사색』도 있다. 데이비드 애튼보로의『식물의 사생활』과 황대권의『야생초 편지』와『우리나라 나무 도감』이 대통령의 독서 영역이 다채롭다는 걸 보여준다.

"저의 책 추천이 어려움을 겪고 있는 출판계에 도움이 된다니
매우 기쁩니다. 제가 오래전부터 책을 추천해온 이유이고
목적입니다. 하지만 베스트셀러는 저의 추천이 아니라 좋은 책이
만드는 것이지요. 저자와 출판사가 노력해낸 산물입니다."

소설 읽기를 좋아합니다

대통령은 우리 문학사를 빛내는 소설들을 섭렵하고 있다. 박경리의 『토지』와 최인훈의 『광장』과 『화두』, 현기영의 『순이 삼촌』과 이문구의 『관촌수필』, 황석영의 『장길산』과 『죽음을 넘어 시대의 어둠을 넘어』와 『무기의 그늘』, 홍명희의 『임꺽정』과 조정래의 『태백산맥』, 조세희의 『난장이가 쏘아올린 작은 공』과 정동주의 『백정』, 양귀자의 『원미동 사람들』과 한수산의 『까마귀』와 한림화의 『한라산의 노을』, 김훈의 『남한산성』과 정지아의 『빨치산의 딸』이 그 작품들이다. 여기에 더해 미하일 숄로호프의 『고요한 돈강』과 베르나르 베르베르의 『개미』가 대통령이 애독하는 문학세계의 목록이다.

나는 대통령의 독서편력과 책의 철학을 본격적으로 듣고 싶었다. 귀향 철학과 고향에서 하고자 하는 구상도 듣고 싶었다. 대통령도 흔쾌히 동의했다. 보름 후에 평산마을을 다시 방문했다.

늘 책과 함께 있어야 편안합니다

― 재임 때와 달리 퇴임 후에는 독서도 좀더 자유로우시겠습니다.

"재임 중에도 그랬지만, 퇴임 후에도 제가 읽은 책들 가운데 일부를 추천하고 있습니다. 너무 두껍고 전문적인 책들을 권하기는 쉽지 않지요. 요즘 읽는 책들은 특별한 주제 없이 편하게 읽고 있습니다. 재임 중에는 아무래도 일과 연결되어 제가 좋아하는 소설 같은 건 못 읽고 국정에 참고가 될 만한 책들을 읽었습니다. 지금은 아무런 제약 없이 차례를 살펴보고 읽습니다."

　—독서의 기쁨과 즐거움을 한껏 누리고 계시네요.

　"그렇습니다. 낮엔 농사짓고 쉬는 시간이나 밤에 책을 읽기 때문에 아무런 속박 없이 책을 편안하게 읽고 있습니다."

　—늘 책을 손에 들고 계시는 것 같습니다.

　"그런 편입니다. 전에도 말씀한 바 있는데, 일종의 활자 중독이라고나 할까요. 우리는 인쇄 세대잖습니까. 늘 책과 같이 있어야 마음이 편안해지지요. 여행을 갈 때도 책 몇 권을 들고 갑니다. 낮잠을 잘 때도 책을 베고 자면 더 편하다고나 할까요, 하하."

　—저도 마찬가지입니다. 주변에 책이 있어야 안심이 되고, 책들이 제 정신을 위무해주는 것 같기도 하고요. 최근에 끌리는 주제를 말씀해주시지요.

　"대체로 재임 중 읽었던 책들과 연계되기도 하는데, 앞으로 세계가 어디로 갈 것인지를 통찰하는 책들, 4차 산업혁명이 우리 세계를 어떻게 변화시킬 것인가, 코로나와 새로운 감염병이 우리의 삶을 어떻게 변화시킬 것인가, 우리 모두가 걱정하는 기후위기, 이런 주제의 책들을 재임 때부터 읽고 있습니다."

기후위기는 세계 지도자들의 관심사

─지구온난화 문제, 지구의 운명에 관한 책들을 생각이 있는 지도자들은 읽고 고민하겠지요. 세계의 출판사들과 연구자들도 이런 문제에 주목하고 있습니다.

"다자 정상회의 같은 데를 가보면, 공식 회의에는 4차 산업혁명과 코로나 문제, 기후위기 문제가 반드시 포함되지만, 공식 의제를 떠난 자유로운 대화에도 주요 의제를 이룹니다. 유럽 쪽은 이에 대한 인식이 굉장한 수준에 올라 있습니다. 우리가 이런 주제를 따라가는 것은 기후위기에 대한, 지구를 지키고 인류의 생존을 위한 당연한 의무이기도 하지만, 뒤처지면 앞으로 유럽 쪽에서 만들어지는 탄소세라든지, 무역장벽이라는 제재를 받게 됩니다. RE 100도 그렇지요. 이에 대처하지 못하면 우리 경제가 큰 어려움을 겪게 될 것입니다."

─저는 대학의 커리큘럼도 전반적으로 조정되지 않으면 안 될 것 같다는 생각을 합니다. 우리가 살고 있는 이 지구에 인류가 일찍이 경험하지 못한 새로운 위기가 닥치고 있습니다. 이를 고민하는 대학인들도 많이 계신 것 같습니다.

"미국의 고어 전 부통령이 '불편한 진실'을 제기했을 때만 해도 좀 선지적인 인식이라고 생각했지만, 지금은 세계 도처에서 기후위기로 인한 심각한 피해를 입고 있지 않습니까. 절박한 현실입니다. 미래의 이야기가 아닙니다."

책은 민주주의를 구현하는 힘

─철학자들도 심각하게 말씀하고 있지요. 미국의 진보적인 철학자 존 포스터의 최근 저술 『인류세시대의 자본주의』 출간을 준비하고 있습니다만, 이제 과학은 물론이고 인문·사회과학의 지향과 논점도 달라지고 있습니다. 우리 젊은이들이 대통령님에게 책이란 무엇이냐고 묻는다면 어떻게 말씀하시겠습니까.

"깊이 생각해보지 못했지만 호기심이지요. 가보지 못한 곳에 대한 호기심, 미지의 세계에 대한 지적 호기심이지요. 이 호기심을 충족시켜주는 것이 독서가 아닐까 합니다. 이 호기심으로 자기세계가 확장되지요. 이렇게 인생관·세계관이 형성되고 자신의 정체성을 만들어가는 과정이 곧 책 읽는 행위가 아닌가 합니다."

─저는 우리 정치를 이렇게 구분하고 싶습니다. 책 읽는 정치세력의 정치와 책 읽지 않는 정치세력의 정치가 다르다고. 그 정치의 가치와 실제가 다르다고.

"출판을 하시니까 더욱 그렇게 생각하실 것 같습니다만, 출판인의 철학과 사명감으로 당연하다고 생각합니다. 우리 국가

사회가 민주화되는 과정을 보더라도 그렇습니다. 일제강점기의 친일, 해방 이후의 독재와 권위주의, 이 권위주의를 뒷받침하는 분단체제, 이 권위주의에서 형성된 기득권 세력의 생각, 이런 현실에 대한 비판의식 없이 우리 국가사회의 민주화는 불가능했던 것이지요. 책을 읽는 분들이 진정으로 우리 사회의 민주화를 위해 앞장섰습니다. 우리 사회를 민주적으로 개혁하려 했지요. 책은 민주주의를 의미하고, 민주주의를 구현하는 힘이라고 생각합니다."

우리 사회의 효율적인 디지털 시스템

─재임 중에 가장 고민한 과제는 무엇이었습니까.

"역시 세계인들과 함께 겪어야 하는 코로나 위기였습니다. 코로나 문제는 우리나라의 문제이지만 동시에 세계의 문제로, 향후 인류의 삶을 어떻게 변화시킬까 하는 문제였습니다. 코로나 팬데믹 문제에 대한 책들을 읽으면서 고민했습니다. 코로나 이후를 어떻게 인식하고 대처할 것인지를 탐구하려 했습니다. 『코로나 사피엔스』와 『오늘부터의 세계』를 읽고 여러분들에게 추천도 했습니다."

─코로나 국면에서 정말 고뇌하시면서 국정을 운영하셨을 것 같습니다.

"우리 국가사회 전체가 코로나 위기에 잘 대응했습니다. 이

위기에 대처하면서 정부와 국민이 우리 자신을 새롭게 발견했지요. 의료가 우리보다 앞섰다고 생각했던 나라들보다 우리 한국인이 놀라울 정도로 잘 대응했지요. 유럽이나 미국이나 선진국들도 한국 국민들의 코로나 대응 역량에 깜짝 놀랐습니다. 우리가 오히려 세계 각국에 코로나 대응방법을 전수하고, 우리의 방역을 통해 협력하고 지원하는 사업을 했습니다. 나아가서 위기를 도약의 기회로 삼는 노력을 기울였지요. 나름 상당한 성과를 거두었다고 평가하고 있습니다. 순방을 나가면 해외의 정상들도 자기들이 상당히 준비되어 있었다고 생각했는데 막상 코로나 위기가 닥치니 속수무책, 봉쇄 말고는 달리 대응방법이 없었는데, 한국은 미리 준비라도 하고 있었던 것처럼 봉쇄조치 없이 코로나를 잘 통제하고 있어서 놀랐다면서 배우고 싶다고 했습니다."

─우리의 디지털 시스템이 잘 구축되어 있는 것이 놀라운 성과를 구현해낸 것 같습니다.

"우리의 디지털 시스템이 대단한 수준에 올라 있다는 것을 알 수 있었습니다. 가까운 일본만 봐도 아날로그 방식, 도장을 찍는 행정을 하고 있는 데 비해 우리는 전자 시스템으로 모든 행정이 처리됩니다. 여러 달 여러 날 걸리는 것을 단숨에 해내는 참으로 효율적인 시스템을 갖추고 있지요."

─대통령님의 큰 은혜라고 생각합니다. 그렇게 진두지휘를

하셨으니까요.

"청와대뿐 아니라 질병관리청을 중심으로 한 방역진들, 의료진들과 공무원들의 헌신이 아름다웠습니다. 이런 디지털 능력은 김대중 정부와 노무현 정부를 거치면서 축적되어왔던 것입니다. 우리 정부에 이르러서는 위기를 맞으면서 진가를 발휘했다고 말씀드릴 수 있습니다."

책 권하는 대통령

─우리 젊은 친구들에게 대통령께서 이렇게 직접 책을 '권독'한 사례가 있나요?

"과거 케네디 대통령이 휴가 때 읽은 책을 소개했다는 이야기를 들었습니다. 오바마 대통령도 그런 노력을 했었습니다. 대통령이 읽은 책들을 소개하고, 좋은 책들을 함께 읽자고 추천하는 그런 노력은 독서운동이 되겠지요. 또 한편으로는 출판계가 어려움을 겪으니까 출판계를 응원하는 의미도 있고요. 저는 대통령 재임 이전부터 SNS를 이용해 좋은 책을 꾸준히 추천해왔습니다."

─제가 『세계서점기행』 취재차 워싱턴과 뉴욕을 방문했을 때 그곳 서점인들에게 들었습니다만, 클린턴 대통령이나 오바마 대통령이 읽고 싶어 하는 책이라면서 구입해가기도 하고, 때로는 대통령이 곧 서점에 들르니 이런저런 책을 준비해달라

고 연락해온다고 했어요. 재임 중에는 어떻게 책들을 구하셨습니까?

"언론 보도나 SNS에 소개되는 책 이야기를 보면서 책을 구입해달라고 참모들에게 부탁하곤 했습니다. 지인들이 보내오기도 하고 참모들이 추천해주기도 했습니다."

우리 사회의 민주화를 견인해낸 출판운동

—대통령님의 지인들이나 참모들은 아마도 책 읽는 지식인들이 아니었나 싶습니다.

"우리 시대의 민주화운동은 책과 함께 구현되었지요. 특히 1970, 80년대에 활짝 꽃피었던 인문·사회과학을 중심으로 한 출판문화운동과 그 책들을 매개하는 사회과학 서점들의 독서운동을 통해 비판적인 문제의식을 키우게 되었지요. 민주화운동을 견인해내는 젊은 세대들의 출판운동·독서운동은 지금까지 이어지고 있지 않나 합니다."

—출판 현장에서 책을 만들면서 실감합니다. 1980년대는 위대한 책의 시대라고요. 책을 쓰고, 책을 만들고, 책을 읽는, 그 지적·이론적 성찰과 실천이 한국사회를 변화시키는 역량이 아니었나 합니다. 새롭게 인식되고 평가되어야 한다고 생각합니다.

"맞습니다. 그 시대에 집중해서 출간되는 인문·사회과학 책들을 우리는 한껏 체험할 수 있었지요. 그 본격적인 시작이 저는 한길사에서 출간한 『해방전후사의 인식』이 아닐까 싶습니다. 그 이후에 우리 역사를 새로운 문제의식으로 연구하는 작업들이 진행되고 책으로 출간되기 시작했지요. 비판적 지성을 담은 사회과학 책들의 출간은 하나의 큰 운동이었습니다."

—오늘 여기서 『해방전후사의 인식』 독자를 뵐 수 있게 되어 영광입니다. 『해전사』는 1979년부터 1989년까지 10년에 걸쳐 총 여섯 권이 출간되는데 '대통령 독자'를 만나 말씀을 듣게 될 줄은 몰랐습니다. 출판인으로서 정말 큰 영광입니다.

"네, 70년대와 80년대는 민주화에 대한 열망이 불타던 시대였지요. 김 대표님도 그렇지만 해직 언론인들과 민주화운동에 나섰던 젊은이들이 출판계로 많이 들어오지 않았습니까. 그런 분들이 새로운 출판운동·독서운동을 불러일으켰지요. 그 운동이 민주화운동, 6월항쟁으로 나아갔지요. 그 시절의 출판운동·독서운동은 그 자체로 민주화운동이었습니다."

맨먼저 읽은 책은 누나의 교과서였습니다

—1980년대는 위대한 각성의 시대였습니다. 책 썼다고 잡아가고, 책 만들었다고 잡아가고, 책 읽었다고 잡아갔습니다. 그러나 우리들의 책 쓰기, 책 만들기, 책 읽기는 중단되지 않았습니다. 출판인들은 권위주의 권력의 부당한 책 탄압이 부당하

다는 성명을 발표하면서 시대가 요구하는 책 내기를 중단하지 않았습니다.

"1980년대의 출판운동은 민주화운동의 자양분이자 민주화운동의 역량이었습니다."

─대통령님의 어린 시절 독서에 대해 말씀 듣고 싶습니다. 초·중·고교를 부산에서 다니셨지요. 그래도 부산은 큰 도시니까 책을 구하긴 어렵지 않으셨겠네요.

"어린 시절, 저희 집도 그랬지만 다들 가난하던 시절이라 책을 읽고 싶어도 책 구하기가 힘들었지요. 제가 제일 먼저 읽은 책은 우리 누나의 교과서였습니다. 저보다 3년 위인데, 국어나 사회 교과서에 재미있는 글들이 많이 실려 있었잖습니까. 우선 제 교과서 얼른 다 읽고, 누나 책을 보는 겁니다. 제가 초등학교 저학년 때는 고학년인 누나의 책, 중학생일 때는 고등학생 누나의 책을 그렇게 읽었습니다. 집에 책이 없으니 그렇게라도 읽었고 재미있었습니다. 늘 책에 대한 갈증이 있었지요. 책에 대한 그런 갈증이 지금도 남아 있는 듯합니다."

보수동 책방골목에서 발견한 책들

─저는 책 없는 시골에서 중학교를 졸업하고 부산의 고등학교에 진학했는데, 학교 주변에 책방이 많아 놀랐습니다. 그해 5·16 쿠데타가 일어났고, 탱크가 시내 곳곳을 삼엄하게 지

키고 있었습니다. 그 탱크들이 무섭기도 해서 피해 들어간 곳이 보수동 책방골목이었습니다. 엄청나게 많은 책들의 풍경에 정말 놀랐습니다. 보수동 책방골목은 저에게 책의 고향입니다. 대통령께서도 보수동 책방골목에 자주 가셨겠네요.

"사실은 필요해서 갔습니다. 거기 가서 이 책 저 책 보는 것도 재미있었지만 고등학생이 되면서 참고서를 구입해야 하는데, 새 참고서는 비싸니까 헌책방에 가면 싸게 살 수 있었지요. 그땐 광복동 야시장 노점에도 헌책이 많이 나와 있었습니다. 때로는 새 책도 있었지요. 약간 흠이 있거나 파손되어 출판사가 폐기한 것을 아주 저렴하게 팔았어요. 읽는 데는 전혀 문제가 되지 않았습니다. 대하소설 같은 걸 정가의 몇 분의 일로 팔았습니다. 골라잡아 천 원 식으로도 팔았습니다. 박종화 선생과 김구용 선생의 『삼국지』『열국지』 같은 대하소설을 사서 읽었습니다. 제가 사용한 참고서를 그 헌책방들에 팔기도 했습니다. 얼마 안 되지만 더 보태서 필요한 새 학기 참고서를 구입하기도 했지요."

─부산 학생들에겐 보수동 책방골목의 존재는 큰 행운이었습니다. 제가 다닌 고등학교는 서면에 있었는데, 서면 일대엔 책방들이 많았습니다. 교문 앞 여기저기가 책방이었습니다. 나중에 알아보니 100여 개의 서점이 있었다고 합니다. 그때 저는 『사상계』를 밑줄 그어가면서 읽었습니다. 『사상계』에 실리는

"책이란 호기심이지요. 가보지 못한 곳에 대한 호기심,
미지의 세계에 대한 지적 호기심이지요.
이 호기심을 충족시켜주는 것이 독서가 아닐까 합니다.
이 호기심으로 자기세계가 확장되지요."

함석헌 선생님의 글을 몇 번씩 읽었습니다.

"저는 『사상계』 세대는 아닌데, 학교 도서관에 비치되어 있어서 보기도 했습니다. 1972년 대학에 들어가면서 리영희 선생의 글을 만났지요. 리영희 선생의 『전환시대의 논리』를 읽고 깊은 충격을 받았습니다. 제 인생에 가장 큰 영향을 미친 한 권의 책입니다. 리영희 선생의 또 한 권의 책 『우상과 이성』도 읽었습니다. 계간지 『창작과비평』을 읽었습니다."

다산 선생의 『목민심서』 열독

─한길사가 초기에 펴낸 『우상과 이성』으로 리 선생은 구속되어 만 2년을 감옥살이 하셨지요. 1970년대는 대통령님에게도 험난한 세월이었겠습니다.

"72학번인데 제적당하고 구속되기도 했습니다. 군대 갔다 와서 박정희 대통령 사망 후에 복학하고 80년대에 졸업했습니다. 『전환시대의 논리』를 다시 한번 이야기하고 싶은데, 그 책이 나오기 전에 『창작과비평』에 「베트남 전쟁」이 실렸습니다. 리 선생은 그후에도 '베트남 전쟁'을 여러 편 발표했는데, 대단한 글들이었습니다."

─1975년 3월 『동아일보』와 『동아방송』의 기자·피디들이 자유언론운동으로 대거 해직되었는데, 편집국장 송건호 선생이 이에 항의해 사퇴합니다. 저도 그때 해직되면서 출판을 시

작하게 됩니다. 리영희 선생의 『우상과 이성』과 함께 송건호 선생의 『한국민족주의의 탐구』와 고은 선생의 『역사와 더불어 비애와 더불어』와 박현채 선생의 『민족경제론』을 펴냅니다. 『민족경제론』은 학생들이 많이 읽으니까 당시 문화공보부는 출간 석 달이 지나서 이 책을 판금시켰습니다.

"박현채 선생의 책과 변형윤 선생의 책들을 읽었습니다. 정약용의 『목민심서』도 읽게 됩니다."

— 언제 변호사를 시작하셨나요? 부산에서 변호사를 시작하셨지요?

"1982년부터 2003년 노무현 대통령의 참여정부에서 일할 때까지 부산에서 변호사로 활동했습니다."

'시국사범들'을 변호하면서 그들이 읽은 책 읽어

— 부산 시절 인권변호사 하시면서 어떤 책들을 읽으셨습니까?

"그 시절 사회과학 책들 주로 읽었습니다. 1980년대라는 시대가 그렇기도 했지만 학생들을 비롯한 이른바 '시국사범들'이 양산되던 시절이었지요. 비판적인 문제의식의 책을 소지하거나 읽었다고 구금하거나 구속했지요. 책 읽고 토론했다고 수사받고 구속되는 시대였습니다. 이들을 변론하자면 문제되는 책들을 읽어봐야 했지요. 시국사범들과 함께 책 읽은 셈이었습니다."

─1970년대 말부터 뜻 있는 사람들이 양서협동조합운동을 펼쳤습니다. 부산에서는 1977년에 시작했지요. 1978년 서울에서 양서조합 시작할 때 저도 참여했습니다. 양서조합운동은 그후 대구·마산·광주·울산·수원으로 퍼져나갔습니다. 영화 「변호인」에도 보수동 책방골목과 책 읽었다고 잡아가는 이야기가 나오지요.

"노무현 대통령도 변호사이던 때 양서협동조합에 참여했지요. 책들이 시민의식을 고양시켜준다는 생각을 했고, 의미 있는 책들을 읽는 방법으로 양서조합을 만들었습니다. 회원들에게 책을 싸게 공급하고 토론도 했습니다."

─부산은 민주화운동의 출발기지가 되었습니다. 10·26 정변의 계기가 되는 부마항쟁도 그랬습니다.

"전국의 여러 성당에서 전개된 신용협동조합, 장기려 박사님이 하셨던 청십자협동조합도 의료협동조합의 선구가 되었는데, 부산에서 시작된 사회운동 프로그램들이었습니다."

퇴임하고 고향으로 되돌아오는 건 당연한 일

─대통령께서 임기를 마치고 귀향하는 모습이 참 아름답습니다. 여러 차원에서 의미가 있다고 생각됩니다. 어떤 계기가 있었나요?

"계기라기보다는 저에게는 고향으로 돌아오는 것이 너무나 당연한 일이었습니다. 참여정부 마치고도 부산으로 돌아왔지요. 부산 출신 장관들도 참 많지만 부산으로 돌아오는 사람이 거의 없었습니다. 지역 간의 불균형, 수도권의 과밀과 지방의 피폐는 결국 사람과 돈의 문제지요. 지방의 인재들이 서울로 몰려가는데, 그렇게 서울로 간 인재들이 퇴임 후 고향으로 돌아와서 고향을 위해 활동해주면 좋을 텐데 서울에 계속 눌러앉아요.

고위공직자들이 퇴임 후에 고향으로 돌아오는 그것만으로도 지역의 발전을 가져온다고 생각합니다. 지역운동과 연계해서 활동하거나 지역의 일들을 후원하고 참여하면 좋겠지만, 단순히 돌아오기만 해도 의미가 있다고 생각합니다. 저도 참여정부 때 민정수석과 비서실장을 했으니, 서울에 있었다면 로펌의 고문이나 하면서 경제적인 여유를 얻을 수 있었겠지만, 저는 당연히 부산이나 경남으로 돌아와야 한다고 생각했습니다. 대통령 퇴임하고도 고향인 부산·경남으로 돌아오는 것을 당연히 여겼습니다. 다른 선택은 생각하지 않았습니다."

―대학교수나 지식인들도 정년 후에 고향으로 돌아가서 봉사하면 참 좋겠지요. 물론 그런 분들이 있지요. 지방 대학에서 봉직하다가 책을 내든가 해서 좀 유명해지면 서울로 올라가지요. 그럼 그 선생을 따르던 학생들은 어떡합니까. 조선시대에

도 중앙에서 벼슬을 하던 선비들이 고향으로 내려가 학문을 하거나 제자들을 키우는 경우가 많지 않았습니까. 윤선도는 보길도로 내려가서 의미 있는 세계를 만들었지요. 퇴계도 벼슬을 끝내고 귀향해 학문을 하고 제자들을 키워냈지요. 양산은 어떤 연관이 있습니까?

"양산은 부산하고 인접하기도 하지만, 저희 부모님 묘소가 양산에 있습니다. 참여정부 이후에 제가 변호사 활동을 안 할 수는 없지만, 그래도 세상과 거리를 두고 싶어서 찾아간 곳이 양산의 매곡이라는 마을이었습니다. 거기서 지역 생활을 시작했고, 퇴임 후에 다시 양산으로 돌아왔습니다. 같은 맥락에서 노무현 대통령도 고향으로 돌아가셨지요. 우리가 늘 이야기하는 지역 균형발전은 국정의 큰 과제지요. 개인적인 실천으로 이어져야 한다고 생각합니다."

아름다운 평산마을에 책방이 개설되면

— 저는 1980년대에 독자들과 저자들이 함께 참여하는 역사기행을 50여 회 진행했습니다. 역사의 현장, 삶의 현장으로 가서 역사의 흔적을 답사하고, 강의와 토론을 통해 민족사를 온몸으로 체험하는 프로그램이었는데, 숙박을 서원이나 사찰에서 했습니다. 우리 역사에서 서원이나 사찰은 교육공간·수련공간이었지요. 역사기행을 통해서 우리 국토와 산하가 참으로

아름답다는 사실을 새삼 깨닫게 되었습니다. 학문과 사상을 함께 펼칠 수 있는 유토피아가 곳곳에 있다는 사실도 알게 되었습니다.

대통령님의 평산마을도 참 아름답습니다. 이 마을에 책방의 개관을 준비하신다는 말씀을 듣고 저는 놀랐습니다. 퇴임 대통령이 고향 마을에 책방을 구상하시다니, 세계인들에게 주는 희망의 메시지입니다. 저에겐 한국사회에 새로운 정신을 일깨우는 경이로운 일대 사건으로 다가옵니다.

"지방에도 나름 의미 있는 책들을 펴내는 출판사가 있지요. 저는 제가 사는 평산마을에 작은 책방을 열어 여러 프로그램을 펼칠 수 있다고 생각하고 있습니다. 이미 여러 지역에서 서점 운동이 일어나고 있지요. 충북 괴산과 전남 곡성, 제주도의 올레길에 서점들이 문 열어 지역의 이런저런 문화운동과 연대하고도 있지요. 지역 서점끼리 연대하여 책 읽는 운동을 펼치고 있습니다. 강좌도 하고 저자와의 대화도 하고요."

지역을 위해 봉사하는 작은 일
—지금 준비하시는 책방은 재임 시절에 구상하셨습니까?

"그렇게까지 구상한 것은 아닙니다. 이 마을의 작은 주택을 내부만 리모델링해서 오픈하려고 합니다. 아직 준비 중이라 대외적으로 알리지 않고 조용하게 준비하는 단계입니다. 준비하다보니 마을과 주변에 알려지게 된 모양입니다. 아직까지는 말하기가 조심스러워서 지금 진행되고 있는 상황만 말씀드리겠습니다. 우선 제가 이 평산마을에 도움을 줄 만한 일이 무엇이 있겠는가 하는 생각에서 비롯되었습니다.

평산마을은 보시다시피 참 조용하고 아름다운 시골인데, 제가 여기로 사저를 정하면서 시위로 인한 소음에 욕설과 저주하는 언어들이 조용하고 아름다운 이 마을을 뒤덮어버렸습니다. 주민들이 정신적으로 엄청난 스트레스를 겪고 있습니다. 너무 시끄러워 농사일도 못 하겠다고 할 정도가 되었습니다. 여기 있는 식당이나 카페, 가게를 하는 분들이 피해를 입는 걸 보면서, 제가 도움을 드릴 방안이 없을까 고민하다가 마을책방 생각을 하게 되었습니다.

우선 평산마을을 비롯해서 인근 마을주민들이 언제든지 책방에 와서 책 읽고, 차도 마시고, 소통하는 사랑방도 되겠다 싶었습니다. 책도 구입하고 이웃의 공간들과 연계하는 작은 사업도 할 수 있지 않을까 합니다. 책방을 방문하는 사람들이 자연히 지역의 카페와 식당도 이용하게 될 것이고요. 한편으로 이 지역 농산물을 판매하는 코너를 둔다면 마을주민들의 소득에도 다소 도움이 될 테고요. 그런 마음으로 구상해서 진행하고 있습니다."

책이 세상을 아름답게 만듭니다

─정말 유쾌한 발상입니다. 다양한 프로그램들이 진행되겠습니다. 우선 '작은 책방'이어서 좋습니다. 저는 1980년대에 인도 출신 경제학자 슈마허가 쓴 『작은 것이 아름답다』(*Small is Beautiful*)라는 책 제목도 좋아하고 그 내용도 좋아합니다만, 대통령님의 평산마을 책방은 작지만 의미 있는 일들을 할 수 있을 것 같습니다.

"저는 책의 힘을 믿습니다. 책이 세상을 아름답게 만들 수 있다고 생각합니다. 젊은이들이 모바일에 집중하면서 책과 멀어지고 있지만, 그래도 책의 가치, 책의 힘은 영원할 것입니다. 모바일이 대신할 수 없는 종이책의 고유한 기능을 믿습니다."

─중국의 난징에 셴펑(先鋒)서점이 있습니다. 군용 지하 벙커에 들어선 서점인데, 난징의 문화 명소가 되었습니다. 이 서점을 창립해 이끌고 있는 서점인 첸샤오화(錢小華)는 2018년 6월 저장성(浙江省) 쑹양현(松陽縣) 천자푸촌에 셴펑서점의 지점 '평민서국'을 열었습니다. 해발 900미터에 자리 잡고 있는 600년 고촌의 마을회관을 책방으로 변화시킨 것입니다. 저도 초대받아 개관하는 행사에 참석했는데, 책을 사랑하는 사람들이 중국 전역에서 찾아옵니다. 평민서국이 들어서면서 천자푸촌은 문화예술마을이 되고 있습니다. 대통령님이 준비하시는 평산마을 책방이 평민서국처럼 되겠다 싶습니다.

"책방은 단순히 책을 파는 것을
넘어서야 할 것입니다.
저자와 독자가 만나고 대화하는 책방,
책 읽는 친구들이 방문하고
토론하는 책방이 되어야 하겠지요."

"그렇게까지 할 수 있을지는 모르겠습니다만, 책방을 하게 되면, 지역의 여러분들과 손잡고 펼칠 수 있는 프로그램들을 구상해보고 있습니다. 학교 선생님들이 펼치는 학생들의 책 동아리와 연계되는 프로그램도 할 수 있겠지요. 바로 옆에 통도사가 있지 않습니까. 본사도 아름답지만 열일곱 개의 암자도 아름답습니다. 성보박물관도 대단하지요. 통도사와 연계해서 불교 프로그램은 물론이고 우리 역사와 전통을 읽고 공부하는 프로그램도 기획할 수 있겠습니다.

이 마을엔 전통 가마를 사용하는 도자기 장인들이 많습니다. 도예가분들과 도자기 체험도 할 수 있습니다. 조계종의 종정이시고 대단한 미술가이신 성파스님도 계시지요. 이 지역과 자연이 갖고 있는 장점들을 활용하면 책방을 넘어서서 문화 예술적인 프로그램을 할 수 있겠다고 생각합니다. 전국으로 연대하는 북클럽을 통해 책 읽기 운동도 할 수 있을 것입니다. 출판인들이나 작가, 지식인들과 함께 창의적인 프로그램을 만들고 싶습니다."

평산마을 주민들과 함께하는 책방

—각 분야의 책 전문가들이나 인문·예술·과학자들이 좋은 책 선정을 도와줄 수 있겠지요. 저도 출판인, 지식인들과 의논해서 대통령님이 하시는 책방 프로그램을 돕는 운동에 나서겠

습니다. 좋은 책방, 좋은 책 읽기 운동은 우리 일이기도 하니까요. 책방 이름을 정하셨습니까? 대통령 이름을 넣으시려 하십니까?

"'평산마을책방' 정도로 생각하고 있습니다. 평산마을책방이라고 해도 제가 하는 것으로 아실 테니까요."

— '서점'보다 '책방'이 더 정답게 느껴집니다.

"네, 자그마한 책방으로 하고 싶습니다."

—사실 지난번 찾아뵐 때 저는 대통령님이 책방을 해보시면 어떻겠느냐고 말씀을 드려볼까 했는데, 구체적으로 책방 개설을 준비하고 계신다는 말씀을 듣고 깜짝 놀랐습니다.

"대표님께서 관심을 가져주시니 고맙습니다. 서점이 잘 되어 평산마을과 마을주민들께 도움이 되었으면 합니다."

—파주출판도시에서 진행되는 책과 지식의 축제 파주북소리를 기획하면서 저는 책과 농산물 축제를 함께 해보자는 구상을 했습니다. 몸의 양식이 농산물이고 마음의 양식이 책이니까 같이 해봄 직하다고 생각했습니다. 대통령님이 구상하시는 것도 같은 것이 아닐까 합니다.

"그렇지요. 저희는 경험도 한 번 해보았습니다. 이 마을에 대파 농사를 짓는 분들이 많은데, 시위 때문에 판매에 어려움을 겪었습니다. 대파는 수확 후 곧바로 판매해야 하는 농산물인데, 어려움을 겪고 있다는 이야기를 듣고 누군가가 온라인으로 구매하자는 글을 올려주셨어요. 그러고 나서 이곳에 오시는 관광객들이 대파를 구매해주어 대파 농사하는 분들에게 제법 큰 도움이 되었지요. 그런 경험도 있고 해서, 마을의 농산품을 판매하는 코너를 두어, 소비자와 농민들 사이에 말하자면 직거래를 매개하는 역할도 할 수 있겠다고 생각합니다."

저자와 독자가 만나고 토론하는 책방

— 책을 어떻게 가져오시려 합니까? 도매를 통하나요?

"책 들여오는 방법은 아직 생각하지 못하고 있습니다. 아무래도 작은 책방이기 때문에, 책을 많이 가져다놓을 수도 없고요. 어떤 책을 비치하느냐, 여기에서 판매할 책들을 선정하는 것이 중요한 일인 것 같습니다. 그 선정 기준을 어떻게 만들어야 할지 고심하고 있습니다."

— 제가 『세계서점기행』을 쓰면서 세계의 명문서점들을 취재했는데, 그 명문서점들은 한결같이 어떤 책을 들여다놓느냐, '선서'(選書)를 가장 중시한다고 했습니다. 베이징의 명문서점 완성서원(萬聖書園)의 창립자 류수리(劉蘇利)는 좋은 책을 들여놓기 위해 티베트까지 직접 갔다고 했습니다. 뉴욕의 젊은 서점 맥널리 잭슨의 대표 사라 맥널리도 어떤 책을 들여놓느냐가 자기 책방의 가장 중요한 일이라고 했습니다.

"네, 우리 나름대로 콘셉트를 만들고, 이 콘셉트에 공감하는 분들이 우리 책방에 와서 책을 구매해가는 그런 책방으로 만드는 것이 좋지 않을까 생각합니다. 책방은 단순히 책을 파는 것을 넘어서야 할 것입니다. 저자와 독자가 만나고 대화하는 책방, 책 읽는 친구들이 방문하고 토론하는 책방이 되어야 하겠지요."

희망의 아지트가 되는 책방

―평산마을책방은 늘 책 읽는 사람들의 희망의 아지트가 되겠습니다.

"평산마을책방은 작지만 책방으로서 지킬 건 다 지켜야겠지요. 당연히 정가제를 지켜야 하고. 북클럽이 만들어지면 그 회원들에게는 어떤 혜택을 줄 수도 있겠지요."

―온라인을 통한 책 소개, 행사 안내를 할 수도 있겠습니다. 전문가들이 이 주일의 책, 이 달의 책들을 추천할 수 있겠네요. 올해에 읽을 만한 문학작품들, 인문책들, 과학책들의 목록들과 해설들을 SNS를 통해 알릴 수 있을 것 같습니다.

"독자들이 책방으로 와서 강의 듣고 토론도 하겠습니다만, SNS를 통해서도 가능하지 않을까 합니다. 저자·연구자들과의 대화뿐 아니라 때로는 출판인들이나 편집자들의 이야기도 할 수 있겠지요. 이곳을 방문하는 독자들은 통도사에서 템플스테이를 할 수도 있을 것입니다."

―여러 해 전 피아니스트 백건우 선생의 독주회가 통도사 경내의 큰 강당 설법전에서 성황리에 진행되었습니다. 음악을 들으면서 저는 이곳에서 저자와의 대화, 시 낭독회 같은 걸 하면 좋겠다고 생각했습니다.

"통도사는 그 역사와 정신도 그렇지만 그 시설도 대단하지요. 통도사와 같이할 수 있는 문화·예술 프로그램도 얼마든지 가능할 것입니다."

여럿이 손잡고 펼치는 프로그램

―영축산을 오르면 밀양의 표충사, 청도의 운문사로 연결되는 '영남알프스'가 정말 아름답지요. IMF 관리 시절 한국출판인회의가 창립되는데, 그때 저는 출판계 동료들과 영남알프스를 오르고 그 억새밭에서 어려웠던 출판문제를 토론한 추억이 있습니다. 대통령님께서도 영남알프스를 가끔 등반하신다는데, 저는 평산마을책방을 방문하는 독자들과 저 장대한 영남알프스의 억새밭에서 책을 토론하는 풍경을 생각해봅니다. 아름다운 책의 축제가 이런 것이 아닐까 합니다.

"저는 책방의 운영자로 어떻게 하면 친구들을 책으로 초대하느냐를 연구하고 있습니다. 출판도 그렇겠지만, 책방도 여럿이 손잡고 같이하는 프로그램이라고 생각합니다. 저의 책방 일을 성원해주시는 분들이 준비를 돕고 있습니다."

─이 시골에서 책방을 연다는 것은, 대통령님의 개인 일이 아니잖아요. 이 시대가 요구하는 인문예술정신을 함께 구현하는 신나는 일입니다. 언제쯤 문이 열릴까요?

"지금 계획으로는 2월이나 3월에 문을 열려고 준비하고 있습니다. 좀 늦어질 수도 있을 것입니다. 책방을 열면 저도 책방 일을 하고, 책을 권하고 같이 책 읽기도 하려 합니다. 홈페이지를 통해서 책방의 일상을 올릴 수도 있을 것 같아요."

─저의 고향이 밀양인데, 저도 한때 밀양의 얼음골 계곡에 책방을 중심으로 한 문화공간을 만들고자 답사도 했지만 결국 북한 땅이 건너다보이는 통일동산에 동호인들과 함께 예술마을 헤이리를 만들고 책방 북하우스와 책박물관을 개관했습니다. 처음 시작할 때 많은 지인들이 걱정했습니다. 이 변방 산속에 책방이 되겠느냐고요. 그러나 저는 된다고 생각했습니다. 2004년 새로운 책방의 형식으로 북하우스가 문 열자 수많은 독자들이 방문했습니다. "책은 친구들을 모아내는 힘이 있다"(以文會友)고 공자님도 말씀하지 않았습니까. 대통령님의 독서정신, 책에 대한 사랑이 평산마을책방을 구상하게 했고, 평산마을책방은 우리 시대의 빛이 될 것이라고 확신합니다. 한 손에 촛불을 들고 또 다른 손에는 책을 드는 일이 우리 국가사회를 더 도덕적이고 더 정의로운 민주사회로 구현해내는 역량일 것입니다. 긴 시간 좋은 말씀 해주셔서 감사합니다. 책방 개

관하는 날 출판계 동료들과 오겠습니다. 함께 축하해야지요.

평산책방이 문을 열었습니다!

2023년 4월 25일, 드디어 책방이 문을 열었다. '평산책방'이라고 이름 붙였다. 개관 하루 전날, 마을주민들과 함께 현판을 달았다. 개업 떡도 돌렸다. 마을주민들과 막걸리 들면서 자축하는 잔치를 했다. 마을주민들은 내 일처럼 즐거워했다.

페이스북에 책방 문여는 소식을 올렸다.

"평산책방이 문을 열었습니다. 마을주민들과 함께 현판 달고, 개업 떡 돌리고 막걸리 한잔으로 자축했습니다. 단풍나무와 황금회화나무 한 그루씩을 기념으로 미리 심어두었습니다.

영업은 내일 오전 10시부터 시작합니다. 책방운영은 주로 문화계인사로 구성된 재단법인 평산책방과 마을주민이 참여하는 책방운영위원회가 맡습니다. 수익은 전액 재단에 귀속되고, 이익이 남으면 평산마을과 지산리 그리고 하북면 주민들을 위한 사업과 책 보내기 같은 공익사업에 사용할 계획입니다.

평산책방에 작은 도서관을 부설했습니다. 작은 도서관은 내가 가지고 있던 책 1,000권으로 시작해서 기증도서와 신간을 더해갈 것입니다. 평산책방과 작은 도서관이 지역주민들의 책 읽는 공간과 사랑방이 되길 기대합니다.

평산책방의 중심은 북클럽 '책 친구들'입니다. 책 친구들은 온·오프 활동으로 함께 책을 읽고 독후감을 나누며, 저자와의 대화 같은 평산책방의 프로그램에 참여할 수 있습니다. 책 친구들과 함께 좋은 프로그램으로 책 읽기 운동의 모범이 되고, 시골마을책방의 성공사례를 만들고자 합니다.

여러분을 평산책방과 문재인의 책친구로 초대합니다.

평산책방이 지역발전에 기여하면서 지역과 함께 발전해나가길 기원합니다.

2023년 4월 25일
책방지기 문재인"

문 대통령은 스스로를 '책방지기'라고 했다. 책방과 함께 작은 도서관을 개설해 지역 주민들의 책 읽는 사랑방이 되게 했다. 이웃을 배려하는 대통령의 심성이다.

독서는
내 영화의 원천

영화감독 박찬욱
그가 머무는 곳이
서재가 된다

"나에게 서재란, 내 영화의 원천입니다.
독서란 내 영화의 자양분이며,
문학은 내 영화를 만드는 힘입니다.
좋은 책에 관해 이야기하고 알리는 일이
영화를 잘 찍는 일만큼이나 중요합니다."

신작 「헤어질 결심」

6월 29일 편집실 친구들 다섯과 박찬욱 감독의 신작 「헤어질 결심」을 보러 갔다. 제75회 칸 영화제 감독상을 수상한 작품을 개봉 첫날에 보는 즐거움을 누렸다. 상영시간 138분, 파주출판도시의 영화관 메가박스, 다른 관객 20여 명과 함께 우리는 영화에 몰두했다. 고수의 뛰어난 연출에 다소 긴장하는 표정들이었다. 집중해서 영화를 본 우리는 카페로 자리를 옮겨 즐거운 합평회를 펼쳤다.

"박찬욱 감독의 진면목을 보여줍니다."

"박 감독의 새로운 영화가 아닐까요?"

"프로이트, 도스토옙스키, 히치콕이 다 녹아 있는 영화야. 사랑이 무엇인지를 박찬욱이 우리들에게 묻고 있지요."

"마지막 장면, 쏟아져 들어오는 파도가 압권입니다."

"맞아, 롤랑 조페 감독의 「미션」! 이구아수 폭포 장면을 연상시키는 파도, 그 파도가 순간 멈추면서 영화가 끝나지요."

"탕웨이와 박해일의 연기가 대단해요. 그렇게 연기하게 만드는 감독의 연출력!"

나는 이튿날 다시 그 영화관으로 갔다. 박찬욱 감독의 사랑론, 아니 인간론을 탐구해보고 싶었다.

그랬다. 역시 그 대사들을 나는 주목했다. 클래식한 이미지의 대사들.

"당신이 나를 사랑하기 시작했을 때 나는 당신을 떠났고, 이제 내가 당신을 사랑하려 하니 당신이 나를 떠나네."

"살인 사건이 좀 뜸하네. 요즘 날씨가 좋아서 그런가."

"산에 가서 안 오면 걱정했어요. '마침내' 죽을까봐."

"그 친절한 형사의 심장을 갖고 싶어."

"슬픔이 파도처럼 밀려오는 사랑도 있지만, 잉크가 물에 떨어지듯 서서히 퍼지는 사랑도 있지."

「헤어질 결심」을 다시 보면서, 참 시적(詩的)인 영화라는 생각을 했다. 이 폭풍우 같은 소음의 시대에, 박찬욱의 영화는 절제된 언어를 구사한다.

사랑이란 무엇인가, 인간이란 무엇인가를 넘어 죄란 무엇인가를 시적 언어로 우리들에게 묻고 있는 것이다.

헤이리 동네 주민 박찬욱

15여 년 전 나는 예술마을 헤이리의 회원들과 함께 포르투갈을 여행했다. 그 여행은 거장 알바로 시자의 건축들을 보러 가는 것이었다. 박찬욱 감독의 아버님 박돈서 선생과 동행했다. 포르투의 세랄베스미술관! '시적 건축'을 언명한 바 있는 알바로 시자의 세랄베스미술관은 한 편의 시였다.

"선생님, 건축이 시가 될 수 있군요."

"정말 아름다운 미술관입니다. 알바로 시자의 건축미학·건축철학을 실감합니다."

한 편의 시처럼 아름다운 박찬욱 감독의 영화는 무엇에서 비롯되는 것일까. 순간 나는 추사 김정희 선생의 '문자향 서권기'(文字香書卷氣)란 말을 떠올렸다. 가슴속의 청고(淸高)하고 고아(古雅)한 뜻은 문자향과 서권기에서 비롯되고, 문자향 서권기는 자신의 서예 작품의 근원이 된다는 추사의 예술혼.

내가 박찬욱 감독을 처음 만난 것은 2004년이었다. 1995년부터 시작된 예술마을 헤이리, 나는 2003년에 입주했고 2004년 박찬욱 감독도 부모님과 함께 입주한 직후였다.

그때 나는 박 감독으로부터 영화 이야기뿐 아니라 책 이야기를 들었다. '독서인 박찬욱'으로부터 영화의 깊이와 넓이를 예견해볼 수 있었다.

1970년대부터 출판과 책은 나에게 운명 같은 주제였다. 박정희 유신 권위주의와 전두환 신군부의 폭정시대에, 우리는 '위대한 책의 시대'를 주창했다. 책 만들기, 책 읽기가 우리의 당당한 '운동'이었다. 1990년대 후반부터 구상된 파주출판도시 건설작업이 한창 진행되던 무렵, 나는 책의 마을, 책방마을을 구상하고 있었다.

열화당 이기웅 대표와 나는 볼로냐 아동도서전을 참관하러 가는 길에, 영국 웨일스 지방의 폐허가 된 탄광촌에 들어선 헤이온와이 고서마을을 찾아갔다. 1994년 4월이었다. '헤이온

"박찬욱 감독이 머무는 공간은
모두 서재가 된다.
서점이, 카페가, 비행기가, 호텔이, 지하철이
그의 독서 공간이 된다."

와 '고서마을의 황제' 리처드 부스 선생과의 인연은 그렇게 맺어지고, 당초 책방마을로 구상된 헤이리에 출판인들 외에 미술가·도예가·음악가·영화인들이 동참하게 되면서 책방마을은 예술마을로 확장되었다.

"독서는 내 영화의 힘"

나는 오래전부터 책의 집, 책을 위한 집을 생각했다. 책과 전시와 공연이 함께 어우러질 수 있는 헤이리 '북하우스'는 그렇게 탄생하게 되었다. 동아일보사에서 같이 일하던 독서인 이종욱 시인도 동참했다. 그의 서재가 북카페 '반디'가 되는 것이었다. 북하우스와 반디는 영화인이기에 앞서 독서인인 박찬욱 감독의 열려 있는 서재가 되었다. 『한국사 이야기』 전 22권을 10년에 걸쳐 써낸 역사학자 이이화 선생도 그의 서재를 헤이리에 지었다.

"나에게 서재란, 내 영화의 원천입니다. 독서란 내 영화의 자양분이며, 문학은 내 영화를 만드는 힘입니다. 좋은 책에 관해 이야기하고 알리는 일이 영화를 잘 찍는 일만큼이나 중요합니다."

영화인 박찬욱에게 서재란 여느 서재와는 다른 개념이다. 세계가 그의 활동영역이 되면서 여유를 갖고 서재에서 한가하게 책 읽을 시간을 내기가 더 어려워진다. 그가 머무는 공간이면다 서재가 된다. 서점이, 카페가, 비행기가, 호텔이, 지하철이 그의 독서 공간이 된다.

"저희 집에도 서재라고 부를 만한 공간이 있기는 있는데, 서재라기보다 서고라고 할까요."

헤이리에 지어 입주한 아버지 박돈서와 아들 박찬욱의 자하재(紫霞齋)는 참 독특한 구조를 가진 주택이다. 건축가 김영준의 작품인 자하재는 한 집인데 두 가정이 산다. 하나이면서 둘이고, 둘이면서 하나인 주택. 부모와 같이 살기 위한 주택의 새로운 대안이라고 할까. 겉으로는 하나이지만 내부에서는 둘이다. 현관도 따로따로다. 가운데에 같이 식사할 수 있는 공간이 있다. 다섯 평짜리 정원부터 반 평짜리 정원까지 정원만 26개나 된다. 대지 130평에 건평이 110평이다.

박 감독의 서재 또는 서고는 도서관 서고와 같이 여러 서가들이 병렬하고 있다. 서가 구석에 작은 탁자와 의자가 있다. 여기서 책을 빼서 잠깐 보다가 꽂아 놓는다. 더 읽을 책은 갖고 나온다.

서고 옆에는 작은 영화관처럼 큰 스크린이 있고, 계단식 관람석이 있어 10여 명이 영화도 보고 음악도 듣는다. 박 감독은 오디오 마니아다.

헤이리 회원들은 자하재를 여러 차례 구경하면서 독특한 공간을 경험하곤 했다. 많은 인사들이 견학하러 왔다. 나는 자하

재를 보면서 박 감독의 2000년 작품 「공동경비구역」을 연상했다. 헤이리의 건축들은 자못 실험적이지만, 나는 자하재하면 영화 「공동경비구역」을 떠올리게 된다.

2005년에 한국건축가협회로부터 '올해의 베스트 건축'의 하나로 선정되었다. 대한건축사협회로부터 특선상을 받았다. 뉴욕현대미술관(MoMa) 건축실에 도면과 모형이 전시된 후 소장되고 있다.

이문구의 『관촌수필』은 제게 충격적인 작품

박 감독은 자신이 "평범하게, 무탈하게 성장해왔다"고는 하지만, 82학번인 그에게 1980년대는 "드라마틱하게 다가오는" 시대였을 것이다.

"사회과학 독서보다는 인문적·문학적 독서를 했습니다. 조금 외로움을 느꼈지만, 주로 문학에 몰두했지요."

그러나 「공동경비구역」은 물론이고 「아가씨」 같은 경우에도 조진웅 배우가 연기한 역할이 친일파, 대부호 역할로 역사적 문제의식이 깔려 있다. 「아가씨」의 원작은 영국 빅토리아 시대의 이야기이지만, 굳이 이야기를 일제강점기의 조선 땅으로 가져와 그 인물과 시대를 보여준 것이다.

채만식의 『탁류』 같은 소설은 우리 문학사의 빛나는 리얼리즘의 성과다. 그런 작품을 읽은 영화인 박찬욱의 가슴엔 어떤 형태로든 역사 같은 것이 각인되어 있을 것이다. 이번 영화 「헤어질 결심」의 조선족 송서래(탕웨이)의 할아버지도 조선독립운동가로 '역사성'이 언급된다. 『탁류』에 대해서는 민족사학자 홍이섭 선생도 본격적으로 평가하는 글을 쓴 적이 있다.

박 감독은 이문구의 『관촌수필』을 늘 언급한다.

"이문구 선생의 『관촌수필』은 저에겐 아주 결정적인 작품입니다. 사람들은 의아해합니다. 제 영화와 『관촌수필』은 너무나 다른 세계처럼 보이거든요. 그러거나 말거나 『관촌수필』은 제게 아주 충격적인 작품이었습니다. 단어 하나하나, 문장 하나하나를 이렇게 조탁해서 아름답게 만들 수 있을까요. 이런 아름다운 예술이 우리에게 있다고 자부합니다. 『관촌수필』은 영화로 만들지 않고 그냥 보존하고 싶습니다."

영화인 박찬욱에게는 영화를 보면서 보내는 시간보다는 책을 읽으면서 지내는 시간이 더 길다. 책에 관련된 일에 참여하는 일을 마다한 적이 한 번도 없다. 좋은 책을 널리 알리는 일을 자신이 제작한 영화를 알리는 일 못지않게 소중하게 생각한다. 책은 그의 삶에서 가장 즐겁고 중요한 영감의 원천이기 때문이다.

특히 문학이 그렇다. 아버지가 사다준 『을유세계문학전집』은 그의 중·고교 시절 그가 씨름한 주제였다. 그의 문학적 지향을 형성한 책들이었다. 『삼중당문고』와 『동서추리문고』도 그의 취향과 문제의식 형성에 영향을 미쳤다.

책 읽는 집안의 전통

CGV 아트하우스는 지난 2015년 7월 1일부터 8월 31일까지 CGV 명동역 씨네라이브러리에서 '영화감독 박찬욱'의 '내 인생의 책' 전시회를 열었다. 그의 영화 세계에 영감을 준 50권의 책들이 전시되었다.

나는 내 인생을 만든 '한 권의 책'이 무엇이냐는 그런 질문에 동의하지 않는다. "꼭 추천하고 싶은 한 권의 책이라면 어떤 책일까요?"라는 질문에 당황한다. 한 인생의 운명을 한 권의 책이 좌지우지하지 못할 것이다. 인간의 삶이란 그렇게 간단하지 않을 것이다. 이런 책 저런 책, 이런 생각 저런 풍경이 얽혀 돌아가는 것이 우리의 삶일 것이다. 옛 선인들도 오거서(五車書)를 읽어야 인생의 맛, 그 깊이를 알게 된다고 하지 않았나.

책을 읽는다는 건 반듯한 삶의 필요·충분조건이다. 인생에서 책 읽기란 어느 날 하루아침에 형성되거나 결론이 나는 게 아닐 것이다. 한 집안의 전통과 풍경도 그럴 것이다.

박 감독의 아버지 박돈서 선생도 어릴 때부터 책 읽기를 참 좋아했다고 한다. 박 감독의 큰아버지 박승서 선생이 2019년에 펴낸 자작시조집 『오솔길』에 실린 「아우의 미수(米壽)를 맞아」의 한 연이 책 읽는 집안 분위기를 이야기해준다.

"어릴 때
이 방 저 방 밀려 다니며
손에 책 아니 놓고
조모께서 그의 후일
학자된다 하시며
어머니
아들 잘못을
꾸중도 못 하게 하셨네!"

  책 읽기를 일상으로 누렸던 어머니 심성구 여사로부터도 박
감독은 자연 책 읽기를 배웠을 것이다.
  "책이 있는 곳에 찬욱이가 늘 있었어요. 사람들이 내다버린
책더미를 뒤지곤 했어요."
  동생 박찬경도 깊은 수준의 책 읽기로 자신의 미술세계를 구
현하고 있을 것이다. 여동생 박찬희가 영어교육 전문가로 당당
하게 활동하는 것도 독서하는 집안의 분위기에 기원하고 있을
것이다. 시서화(詩書畵)를 즐기는 집안의 전통이었을 것이다.
아버지 박돈서 선생은 사시집(寫詩集)『인향만리』(人香萬里)
와 시화집『묵향천리』(墨香千里)를 펴낸 시인이기도 하다.

"이문구의『관촌수필』은
제게 아주 충격적인 작품이었습니다.
단어 하나하나, 문장 하나하나를
이렇게 조탁해서 아름답게 만들 수 있을까요.
이런 아름다운 예술이 우리에게 있다고 자부합니다."

진리는 모호한가

언젠가 박 감독의 영화에 등장할 법도 한 미장센. 노부인이 벽난로 옆에서 무릎에 담요를 덮고 흔들의자에 앉아 탐정소설을 읽고 있다. 고양이가 그 옆에서 졸고 있다. 박 감독이 언젠가 어머니에게 이런 풍경을 이야기했다.

박찬욱 감독 영화의 일관된 주제라면, 인간 본성에 대한 탐구이자 물음이다. 인간은 어떤 존재인가, 어떻게 사는 것이 가치 있는 삶이냐고 계속 질문한다. 그러나 정답은 없다. 진리는 모호하다.

「헤어질 결심」에서 정훈희와 송창식이 「안개」를 부른다. 인간의 삶은 안갯속 같은 것일까. 안개 속에서, 그 안개를 헤치면서 우리에게 질문하고 있다. 참, 박 감독이 주관하는 영화사 이름이 '모호'다. 그의 영화철학의 일단일까.

박 감독이 지금까지 읽은 그 수많은 책 중에서 다섯 권을 골라 달라고 하면, 그게 가능할까, 우문이 아닐까. 그러나 나는 우리 젊은이들에게 권독하고 싶은 책 다섯 권을 추천해달라고 했다. 안갯속을 헤매고 있는 젊은이들에게 약간의 가이드가 되지 않을까 해서다. 너무 바쁜 그가 문자로 보내왔다.

이문구의 『관촌수필』
카프카의 『성』

존 르 카레의『추운 나라에서 돌아온 스파이』
레이 브래드버리의『화성 연대기』
그레이엄 그린의『브라이턴 록』

독서인 박찬욱 감독의 다음 작품이 벌써 기대된다.

중국은
나의 놀이터다

김명호의『중국인 이야기』는
그의 장대한 책의 숲에서
비롯되었다

"중국 근·현대사 주역들의 사상과 행동을
'이야기'로 풀어내는『중국인 이야기』는
현재 제9권까지 출간되고 있지만,
중국을 자기 앞마당처럼 드나드는 김명호가
아니고는 써낼 수 없는 내용일 것이다."

중국을 앞마당처럼 드나들다

2012년『중국인 이야기』를 써내기 시작하면서 저자 김명호는 "40년 가까이 중국은 나의 놀이터였다"고 했다.

"책·잡지·영화·노래·경극을 보고 들었습니다. 새벽 시장, 크고 작은 음식점 돌아다니는 것이 나의 행로였지요."

중국 근·현대사 주역들의 사상과 행동을 '이야기'로 풀어내는『중국인 이야기』는 현재 제9권까지 출간되고 있지만, 중국을 자기 앞마당처럼 드나드는 저자 김명호가 아니고는 써낼 수 없는 내용일 것이다.

내가 김명호 교수를 본격적으로 대면하고 이야기를 주고받은 것은 2009년 4월이었다. 한국·중국·일본·대만·홍콩의 인문출판인들이 동아시아 출판공동체·독서공동체의 실현을 모색하는 동아시아출판인회의의 여강(麗江)회의에서였다. 중국 측이 김 교수를 초청했던 것인데, 그때 나는 "그래, 김명호의 중국인 이야기야!"라고 소리쳤다. 1994년에 시작해서 2004년에 완간하는『이이화의 한국사 이야기』전 22권을 진행하면서, 1995년에 시작해 2005년에 완간하는 시오노 나나미의『로마인 이야기』전 15권을 펴내면서, 나는 '중국인 이야기'를 궁리하고 있었다. 대형의 '이야기 3부작' 기획이었다.

중국은 이야기의 역사일 것이다. 그 사상과 문화도 이야기일 것이다. 모든 민족과 나라의 존재와 발전은 이야기로 비롯될 것이다.

여강 이후 나는 김명호 교수를 매일처럼 만나고 있다. 그에게 몇 시간이고 중국과 중국인 이야기를 듣는다. 그의 방대한 독서 세계에 빠진다. 만나지 못하면 전화를 건다. 30분, 한 시간씩 통화가 이어진다. 심야를 가리지 않는다. 여강 이후 독서인 김명호와 출판인 김언호가 만나고 통화한 횟수가 수천일 것이다. 나의 '출판일기'에 가장 많이 등장하는 이가 김명호다.

어느 날 밤늦게 전화 걸면 북경에서 받는다. 대만에서, 홍콩에서 받는다. 책 보러 갔다 한다. 그의 일상적인 중국 체험이다. 중국의 역사와 인물, 인문·예술과 그는 놀고 있는 것이다.

판소리꾼의 소리마당엔 고수가 있어야 한다. 관객들의 추임새가 뒤따른다. 김명호의 이야기마당에 나는 고수가 된다. 추임새로 그의 이야기를 받아낸다.

난독(亂讀)의 시대

김명호는 어린 시절부터 사랑방에 모이는 어른들의 이야기를 들었다. 종로 효자동 한옥 사랑방에는 할아버지를 비롯해 청전 이상범 화백, 윤제술 국회 부의장 같은 어른들이 이야기의 꽃을 피우는 것이었다.

서가엔 한적(漢籍)들이 즐비하게 꽂혀 있었다. 수십 권에 이르는 『증국번가서』(曾國蕃家書)가 서가의 중심에 자리하고 있었다. 태평천국의 난을 진압한 증국번의『가서』가 그렇게 중요한 책인 줄은 한참 후에야 알았다.

함석헌 선생의 사상적 자서전『죽을 때까지 이 걸음으로』를 중학교 때 읽었다. 세종문화회관 그 자리에 있던 시민회관에서 열린 함석헌 선생의 '생각하는 백성이라야 산다'는 강연도 들었다.

고등학교 시절 을유문화사가 펴낸『세계문학전집』과『한국문학전집』을 읽었다. 1940년대 말 을유문화사가 펴낸 종합 학술 문예 교양지『학풍』을 인사동 고서점에서 구입했는데, 이상백의「아카데미즘과 저널리즘」을 밑줄 그어가면서 읽었다. 1945년 해방 때부터 1950년 한국전쟁 터지기 전까지 쏟아져 나온 진보적인 책들을 읽으려 했다. 서울신문사에서 출간된 홍명희의 세로 쓰기『임꺽정』을 읽었다.

현암사에서 펴낸『최남선전집』(1973)과 신구문화사의『한용운전집』(1973), 일지사의『조지훈전집』(1973)을 읽었다. 신구문화사의 베스트셀러『세계의 인간상』(1963)과『한국의 인간상』(1965)을 읽었다. 신구문화사의『전후세계문학전집』과『전후한국문학전집』은 표지와 장정이 참 현대적이었다. 탐구당의 '탐구신서'를 탐독했다. 김명호에게 1960년대는 '난독'(亂讀)의 시대였다.

흥사단 금요개척강좌에서 함석헌 선생의 강연을 들었다. 함

"1980년대에는 주말이면
홍콩과 대만에 가서 살았습니다.
격동하는 중국 대륙을 읽고 체험하는 것이었지요.
방학 땐 아예 거기 가서 놀았습니다."

선생으로부터 김교신 이야기도 들었다. 향린교회에서 진행된 함 선생의『장자』강의도 열심으로 들었다.

1970년대 대학 시절부터는 역사·사회과학 책들을 읽었다. 이기백·천관우·송건호·강재언·리영희·김열규의 글과 책들이었다. 일제강점기 말『조선과학사』(1946)를 써낸 민족사학자 홍이섭의 난삽한『한국사의 방법』(1974)을 읽었다. 외솔회가 펴내는『나라사랑』이 흥미를 끌었다. 최현배·신채호·안희재 선생 등을 특집으로 기획하는 계간지였다.

『지리산』은 진주에서 읽어야 해요

김명호의 책 읽기는 격동하는 시대에 부응하는 것이었다. 『씨올의 소리』『창작과 비평』을 구독했다. 사전 읽기를 좋아했다. 이홍직의 큰 책『한국사사전』을 탐독했다.

"이병주 소설 좋아했습니다.『산하』재미있지요. 책머리에 실린 '태양에 바래면 역사가 되고, 월광에 물들면 신화가 된다'는, 이병주가 아니면 생각 못 할 메시지가 아닐까 했습니다."

"『산하』는 1970년대 월간『신동아』에 연재됐지요. 난 그때『신동아』에 근무했는데, 이병주 선생이『산하』원고 갖고 오면 우린 서로 읽으려 했지요. 너무 재미 있어서."

"『행복어사전』은 독특한 소설이었지요. 이병주 소설 하면 역시『지리산』과『관부연락선』이지요.『지리산』은 진주에서 읽어야 해요. 서울에선 그 맛이 나지 않아요. 난 노신(魯迅)의 소설보다 '잡문'을 좋아하는데, 북경의 겨울밤에 읽어야 노신을 더 느낄 수 있습니다. 호적(胡適)이 '자유보다 관용'을 강조했지만, 이병주 문학도 관용을 말합니다. 함석헌 선생은 강연보다 글이 좋지요. 정말 아름다운 문장을 구현하는 사상가입니다. 김기석의 『남강 이승훈 평전』이 기억에 남습니다."

"1976년 출판을 시작하면서부터 나는 '오늘의 사상신서'를 기획하지요. 그 87권째인 강재언 선생의 『한국의 근대사상』은 내 가슴에 살아 있는 한 권의 책입니다."

"강재언 선생 책 다 읽었습니다. 대단한 분이었지요."

"2003년에 한길사가 펴내는 『선비의 나라 한국유학 2천년』도 기왕의 유학 저술들과는 다른 문제의식을 담아내고 있습니다."

"1980년대에 한길사가 독자들과 함께하는 역사기행을 기획하잖아요. 그때 아름다운 사진과 함께 펴낸 『한길역사기행』그 책 참 좋았습니다."

1980년대는 금서의 시대였다. 그러나 출판인들과 책들이 권위주의 권력과 싸우던 시대였다.

"금서들 거의 다 읽었습니다. 신동엽의 『금강』도 읽었습니다."

나를 중국으로 이끈 앙드레 말로의 『인간의 조건』

독서인 김명호는 어떻게 중국을 만났을까.

"『을유세계문학전집』에 들어 있는 앙드레 말로의 『인간의 조건』과 『정복자』를 읽고 중국 공부해야겠다고 마음 먹었습니다. 두 소설은 홍콩·광동 파업을 다루고 있습니다."

"1980년대 초반 한길사가 펴내던 『한길세계문학전집』 제1권이 앙드레 말로의 『희망』이었는데, 스페인 내전을 다루고 있지요."

김명호는 중국을 전공하기 위해서는 한문을 공부해야 했다.

"1970년대 초 청명(靑溟) 임창순(任昌淳) 선생이 개설한 태동고전연구소에 가서 한문공부 했습니다. 파고다공원 근방에 있었지요. 봉은사로 가서 동초(東草) 이진영(李鎭泳) 선생에게 한문공부 했습니다. 뚝섬 나루터에서 배 타고 봉은사로 건너가는 공부길이었습니다. 봉선사에 계시던 운허(耘虛)스님도 만났습니다. 1970년 초부터 72년 2월 군입대 전날까지 봉은사를 다녔는데, 그때 봉은사에서는 『팔만대장경』 국역작업이 진행되었고, 운허스님이 역장(譯長)이었습니다. 거기서 방은(放隱) 성낙훈(成樂熏) 선생으로부터 『자치통감』을 배웠지요. 제대 후엔 민족문화추진회에서 2년간 한문공부 했습니다. 20대 후반, 집에 있던 『정인보문집』을 독습해보기도 했습니다."

1980년대에 김명호는 주말이면 홍콩과 대만에 가서 살았다. 경상대에서 6년, 건국대에서 4년을 교수로 재직하던 시절이었다. 격동하는 중국 대륙을 읽고 체험하는 것이었다. 방학 땐 아예 거기 가서 놀았다.

홍콩은 중국을 체험할 수 있는 자유지대였다. 중국 대륙의 내면을 깊게 관찰할 수 있는 수준 높은 정보와 이론을 담아내는 다양한 잡지들이 운집하고 있었다.『월간홍콩명보(明報)』, 대륙의『삼련생활주간』, 대만과 대륙에서 동시 출간되는『당대』(當代), 대만의『문신』(文訊), 홍콩의『경보』(鏡報),『쟁명』(爭鳴),『동향』, 대륙의『독자문적』(讀子文摘)이었다.

『증국번가서』와『장개석일기』

1989년 4월 15일 북경의 천안문광장에서 대학생과 시민들의 시위가 벌어졌다. 중국공산당 정부는 군을 동원하여 시위를 진압했다. 6월 4일 진압이 끝나는 천안문광장은 붉은 피로 흘러넘쳤다. 한국 지식인들을 비롯한 많은 국외자들은 중국공산당의 운명을 비관적으로 예측했다.

"난 중국공산당 절대로 망하지 않는다고 보았습니다. 그동안 읽고 관찰한 결과 중국공산당이 그렇게 허약하지 않다고 확신했습니다."

1920년대부터 1930년대까지의 민국시대는 중국 문화의 전성기였다. 이 시기의 사상가·혁명가·문학가들의 문집·전집을 주력해서 읽었다. 광서제 시대 증국번과 이홍장이 편찬한 『경사백가잡초』(經史百家雜鈔)를 읽었다. 『증국번가서』를 본격적으로 읽었다. 편년체의 역사서들, 회고록·전기·인물전이 좋았다. 이야기의 보고였다.

"『장개석일기』는 정말 흥미롭습니다. 장개석은 죽기 전날까지 일기를 썼는데, 늘 반성한다면서 자신을 채찍질합니다. 새해가 되면 일기책을 각료들에게 나눠주기도 했지요. 일기 쓰라고."

교수 사직하고 서점인이 되다

1990년 3월 1일, 서울 동숭동에 대형의 중국 전문서점이 문을 연다. 1992년 8월 24일 중국 대륙과 수교하기 한참 전이었다. '북경삼련'과 '홍콩삼련'에 이어지는 '서울삼련'이었다. 교수 김명호는 학교를 사직하고 서점인이 되었다.

"1980년대 내가 홍콩삼련을 드나드는 것을 그쪽에서 주의 깊게 보았던 것 같아요. 엄청나게 많은 책들을 구입하면서도 한 번도 할인해달라 하지 않는 내가 그들에게 특별한 손님이었던가 봐요. 하루는 책을 살펴보고 있는 나에게 동수옥(董秀玉) 대표가 날 보자고 했어요. 그날 동수옥 대표의 안내로 특별한 대접을 받았습니다. 동수옥 대표와 깊은 만남의 계기가

"서울삼련의 10년은 나에겐
참으로 귀중한 기회였습니다.
전설 같은 중국의 예술가·지식인들을
만나게 됩니다.
우리 서점을 방문하는 인사들과
'문화친구'가 됩니다."

됩니다. 나에 대한 그의 신뢰와 권유로 서울삼련을 문 열게 됩니다."

2005년에 출범하는 동아시아출판인회의에 중국 측 대표로 참여하는 동수옥 선생은 북경삼련의 대표를 역임한, 중국출판계의 전설적인 '대모'(大母) 같은 존재였다.

한중문화교류사에서 한 차원을 높이는 서울삼련의 개관으로 한국의 지식인들은 중국 출판의 깊이와 넓이와 높이를 서울에서 체험할 수 있게 되었다. 개관하면서 서울삼련에 비치된 책이 8톤 트럭 20대나 되는 분량이었다. 해마다 5, 6회씩 책을 들여왔으니, 엄청난 질량의 서점이었다. 해외에 있는 중국서점 가운데 책의 수준과 규모 면에서 가장 큰 서점이었다.

안목 있는 연구자·지식인·예술가들에게 서울삼련의 등장은 가히 문화사적 사건이었다. 화가 서세옥·송영방·정탁영, 전 통일부장관 이용희가 단골이었다.

중국의 주요 인사들이 들르는 코스

수교가 되면서 중국과의 내왕이 자유로워졌다. 2009년, 20억의 적자를 내고 문을 닫지만, 서울삼련은 중국의 주요 인사들이 방한하면 으레 들르는 코스가 되었다. 비치되고 있는 책들의 수준을 중국인들도 놀라워했다.

"서울삼련의 10년은 나에겐 참으로 귀중한 기회였습니다.

전설 같은 중국의 예술가·지식인들을 만나게 됩니다. 우리 서점을 방문하는 인사들과 '문화친구'가 됩니다. 화가 황영옥(黃永玉), 서예가이자 학자인 계공(啓功)과 황묘자(黃苗子), 사상가 이택후(李澤厚), 만화가 정총(丁聰) 같은 거장들과 스스럼없는 사이가 되었지요. 중국인들의 심연을 알게 됩니다."

북경의 지화사(智和寺)에 보존되어 있는 『건륭판 대장경』 탁본을 1억도 더 주고 수입했다. 책 자체가 부처님이다. 부처님의 말씀을 담고 있기에 법보(法寶)다. 해인사 『팔만대장경』과 함께 '동방의 유이(有二)'한 존재다. 지금은 돈 주고도 살 수 없는 문화유산이다. 김 교수는 서점 문을 닫으면서 『건륭판 대장경』을 승가대학에 시주했다. 서점의 재고들은 반품하지 않고 7개 대학에 기증했다.

"진인각(陳寅恪)의 『최후의 20년』을 20권 갖고 와서 서점 입구에 잘 보이게 진열해 놓았지만 그 누구도 쳐다보지 않았습니다. 엄청난 책인데 말입니다. 이를 보고 서점 문 닫아야겠다는 생각을 할 수밖에 없었습니다. 『최후의 20년』은 그후 서울대 박한재 교수가 번역해냈습니다."

김명호 교수의 서재는 파주출판도시에 있다. 서울삼련을 끝낸 후 다시 컬렉션한, 엄청난 수준의 책들이다. 나는 김 교수에게 『중국인 이야기』 끝내면, 김 교수가 소장하고 있는 책들로 '중국책 특별전'을 해보자 하고 있다.

지난 3년 동안은 코로나19로 중국·대만·홍콩 여행이 불가능했지만, 김 교수는 여행 갈 때마다 진귀한 책들을 수백 권씩 갖고 온다. 추가 운임을 물어가면서.

그는 북경의 뒷골목까지 훤히 알고 있다

2012년 여름『중국인 이야기』제1권을 펴낸 나는『중국인 이야기』독후감 대회를 열고 재미 있는 독후감을 보내준 독자들과 북경 가는 프로그램을 기획했다. 저자 김명호 교수와의 특별한 여행이었다.

그는 북경의 뒷골목까지 훤히 알고 있었다. 저명한 정치가·예술가·지식인들이 어느 골목에 살았는지. 유서 깊은 사가(史家) 골목을 걸으면서, 이 집은 한때 국가주석이었던 화국봉(華國鋒)의 집이고, 그 옆집이 외교부장 교관화(喬冠華)가 살던 집이라고 했다.

우리 일행은 북경의 외교관들이 드나드는 식당 '열빈'(悅賓)에 가서 식사할 수 있었다. 열빈은 개혁개방 이후 '중국 제1호 민간식당'이었다. 북경의 구석구석을 서울처럼 아는 김명호는 그래서 '중국은 나의 놀이터'라고 말하는 것이다.

영화「색(色), 계(戒)」의 작가, 만년에 자절(自絶)의 세월을 보낸 장애령(張愛玲)과 하양정(荷洋淀) 문학파의 손리(孫犁)를 좋아하는 독서인 김명호는 다시 새로운 길에 나섰다. 성공

회대학교 퇴임 5년 만에 단국대 박사과정에 들어갔다. 중국에서 동북이라고 일컫는 '만주'를 연구하고 발견하기 위해서다. '중국 놀이'의 또 다른 무대다. 그 만주를 우리 눈으로 보겠다는 김명호는 그 어떤 이야기를 우리 가슴에 들려줄까. 독서인 김명호는 어떤 메시지를 우리 마음에 새겨줄까. 우리 시대의 문협(文俠) 김명호의 새로운 행로, 그 풍경이 자못 경이롭게 예측된다.

서예가 박원규는
여섯 시면
연구실에 나온다

배움 없이
서예는 불가능한
인문예술

"추사가 위대해질 수 있는 바탕이
무엇인지를 다시 생각해봅니다.
'학예(學藝)일치'가 바로 그것입니다.
학문과 예술이 별개가 아님을 추사가
오늘의 우리 서예가들에게 말하고 있습니다."

이른 아침 아이들의 책 읽는 소리

'독서성'(讀書聲)!

혜이리 내 서재를 빛내고 있는 하석(何石) 박원규(朴元圭)의 작품이다. 이른 아침 아이들의 책 읽는 소리. 관기(款記)에 하석은 썼다.

"옛사람이 말하기를 준마의 풀 뜯는 소리, 아름다운 여인의 거문고 타는 소리, 모두 듣기 좋은 소리지만 자식이나 손자의 글 읽는 소리만은 못하니라."

염한(染翰) 60년, 서예를 시작한 지 60년이 되었다.

석곡실(石曲室). 압구정 미성상가에 있는 그의 연구공간이자 작업공간이다. 새벽 4시에 일어나 6시면 도착한다. 문을 열면서 서가에 세워놓은 작고한 아버지·어머니의 사진에 예를 표한다.

"오늘도 부끄럽지 않은 아들이 되겠습니다."

책과 붓으로 가득한 연구실의 창을 연다. 청소를 한다. 먹을 간다. 책을 펼친다.

"무슨 일이 있어도 하루에 세 시간씩은 책을 읽거나 작업을 합니다. 여행 갈 때면 가방에 공부할 책을 넣어갑니다."

서예가로서의 그의 삶은 배움의 길, 독서의 길이다. 서예란 삼라만상, 인간 세계의 이치를 문자로 구현하는 예술행위다. 배움 없이, 공부 없이, 서예는 당초부터 불가능한 인문예술이다.

전설적인 스승들을 모시고

배움과 공부에는 끝이 없다. 그는 늘 스승을 모시는 서예가의 삶을 꾸린다. 우리 시대의 전설적인 스승들로부터 고전의 세계와 사상, 오늘의 삶에 요구되는 실천윤리를 배운다.

1971년 제대하면서 가람(嘉藍) 이병기(李秉岐) 선생의 절친이자 호남의 거유였던 긍둔(肯遯) 송창(宋滄) 선생에게 배웠다. 한학과 보학에 밝았다. 월탄(月灘) 박종화(朴鍾和)가 역사소설 쓰다 막히면 긍둔 선생에게 물었다.

긍둔 선생은 하석에게 한학의 기초와 삶의 지혜를 가르쳐주셨다. 손님이 떠날 땐, 저 동산을 넘어가서 내 눈에 보이지 않을 때까지 배웅해야 한다고 하셨다. 한학자이지만 우리말에 밝았다. 82세에 서세(逝世)해서 2년밖에 모시지 못했다.

1983년 서울에 와서 월당(月堂) 홍진표(洪震杓) 선생의 문하에 들어갔다. 유가보다 제자백가에 강한 스승이었다. 1991년 돌아가실 때까지 눈이 오나 비가 오나 일주일에 한 번씩 수유리 댁으로 가서 장자·노자를 공부했다.

"선생님은 학덕(學德)을 말씀했습니다. 문기(文氣)란 독서에서 비롯된다고 강조하셨습니다. 글씨는 손끝에서 나오는 것이 아니지요. 서예란 필경사의 일이 아닙니다. 선생님의 연구실로 한 시간쯤 일찍 가서 선생님과 이런저런 대화를 나눕니다. 저는 절대로 지각하거나 결석하지 않는 학생이었습니다."

스승이 돌아가시니 고아가 된 느낌이었다. 2000년 6월에 지산(地山) 장재한(張在釬) 선생의 문하에 들어갔다.

"사서삼경, 사서오경을 본격적으로 공부하게 됩니다. 『시경』 『서경』 『주역』 『예기』 『춘추』를 2018년 선생님이 돌아가실 때까지, 일주일에 세 번씩 가르침을 받았습니다. 건강이 좋지 않아 의정부·구미 등지에서 요양하실 땐 일주일에 한 번씩 그곳으로 가서 공부했습니다."

한학과 한문은 중국의 것이기도 하지만 우리 것이다. 사서오경, 제자백가뿐 아니라 사서(史書), 시(詩), 간찰, 실록, 개인 저술 등 엄청난 문화유산·정신유산이 우리에게 있다.

"한학과 한문을 공부하면 할수록 서예작품은 풍요로워집니다. 인구에 회자되는 처세어 같은 것만 가지고는 서예다운 서예를 할 수 없습니다. 서예는 기본적으로 철학과 사상과 역사입니다. 인문학 수련 없이 서예는 불가능합니다."

하석은 또 한 분의 스승을 모시고 있다. 서예와 그림에 능한 보산(寶山) 김진악(金鎭嶽) 선생이다. 배재대학에서 정년한 보산 선생은 장서가다. 평생 모은 장서를 배재대학에 기증했다. '보산문고'가 되었다. 지금은 문화재로 지정된 김소월의 『진달래꽃』도 배재학당 박물관에 기증했다. 고등학교 교사 시

"한학과 한문을 공부하면 할수록 서예작품은 풍요로워집니다.
인구에 회자되는 처세어 같은 것만 가지고는
서예다운 서예를 할 수 없습니다.
서예는 기본적으로 철학과 사상과 역사입니다."

절 자신의 월급으로 어려운 제자들의 공납금을 대신 내주는 선생님이었다.

제자 하석은 한 달에 두서너 차례 선생님을 찾아뵙고 식사자리를 마련한다. 그러나 식대는 꼭 선생님이 내신다. 여전히 사랑스런 제자다.

김진악 선생은 수필가다. 품격 높은 유머 에세이스트다. 나는 2013년 가을, 『이 풍진 세상을 살자니: 김진악 유머 에세이』를 즐겁게 출간했다.

서예 스승 강암 선생으로부터 삶의 지혜 공부

하석은 1968년부터 98년까지 강암(剛菴) 송성용(宋成鏞) 선생에게 서예를 공부했다. 강암 선생은 서예뿐 아니라 큰 삶의 지혜를 가르쳐주셨다.

"우리 선생님은 처신이 달랐습니다. 걸인이 오면 한 상 차려 내주고 문밖까지 배웅했습니다. 상투를 틀고 두루마기를 입었지만 '구체신용'(舊體新用), 사고와 행동은 늘 열려 있었습니다."

1979년 하석은 제1회 동아미술제에서 대상을 받는다. 30대 초반이었다. 이어 1981년 대만으로 유학가서 이대목(李大木) 선생에게 3년 동안 서예와 전각을 공부한다. 하석은 유학을 다녀와서, 선생의 가르침에 감사하면서, 선생의 화갑기념으로 선생의 『인보』(印譜) 500권을 제작해 보내드렸다.

1998년부터 월간 『까마』를 통권 72호까지 펴냈다. 광고 하나 싣지 않았다. 사진작가인 둘째 아들이 사진 봉사하고, 둘째 며느리가 편집 봉사하기에 가능했다. 며느리가 아기를 가지면서, 일가가 봉사해서 펴내던 『까마』를 더 이상 낼 수 없게 되었다.

스스로 벼루를 만들다

1988년 인사동에 예사롭지 않은 보령산 벼룻돌이 나왔다. 이 돌을 일본인이 구입해 가려 했다. 하석은 살고 있던 압구정동의 현대아파트를 4,800만 원에 팔아 700만 원을 주고 이 돌을 구입했다. 귀한 우리 돌을 일본으로 흘러가게 할 수 없다고 생각했다. 이 연석으로 벼루 하나를 만들었다. 월당 선생이 '오금연'(烏金硯)이라고 연명(硯名)해주셨다.

2002년에는 손수 벼루를 만들었다. 당초 50개를 만들려 했지만, 돌의 질이 여의치 않아 20개밖에 만들지 못했다. '무문석우'(無紋石友)라고 이름 붙였다.

"중국에는 명연(名硯)들이 많은데, 우리 벼루도 필요하다 생각했습니다. 직접 디자인하고 연명도 새겼습니다."

하석에게 선물받은 이 '무문석우'가 내 서재에 있다. 이 벼루에 먹을 갈 때마다 나는 하석의 예술정신을 느낀다.

하석의 석곡실에는 150여 년 된 통북이 있다. 하석은 북의

고수(高手)다. 80년대와 90년대 전국고수대회에 나가서 최종 결승 세 명에 뽑혔다. 그러나 스스로 기권해 3등이 되는 것이었다.

"서예의 길이 내 직업이고 북은 취미지요. 국악인들의 진로에 내가 방해되어서는 안 되지요."

당대 최고의 고수 김명환(金明煥) 선생의 노량진 댁에 가서 북을 배우기도 했다. 아버지가 판소리를 좋아했다. 명창 임방울(林芳蔚) 선생이 집에 와서 겨울 한철을 보내기도 했다. 자연 우리 소리에 눈뜨기 시작했다. 판소리 연구가 이기우·천이두 교수 등과 함께 서울에서 명창을 전주로 모셔와 판소리 감상회도 열었다.

1980년대 나는 '한길역사기행'을 하면서 남원으로 판소리 여행을 했다. 동편제의 거장 강도근(姜道根) 선생의 소리를 직접 듣는 영광을 누렸다. 우리 출판사에서『명창 임방울』을 펴낸 천이두 교수의 현장강의를 들으면서 임방울 선생의 고향 집을 답사하기도 했다.

자중천(字中天)과 서예삼협 파주대전

나는 압구정의 석곡실에 수시로 드나든다. 묵향(墨香)과 서향(書香)이 가득한 석곡실에서 나는 붓을 들어 대가의 지도를 받으면서 몇 자 써보기도 한다. 큰 책을 펼쳐 독서에 몰두하거나 작업을 하는 하석의 모습은 찬란하게 아름답다.

 "30여 년 글씨를 썼던 50대에 이르러 붓을 의식하지 않게 되었습니다. 그러면서 필법에 관한 책보다 인문학 책을 더 읽게 되었습니다. 20대부터 공부하던 자학(字學)이 또 다른 인문학이란 생각을 하게 됩니다."

 나는 2010년 헤이리의 북하우스 전시공간과 한길책박물관 공간을 전부 할애해 하석의 대형서예전 '자중천'(字中天)을 석 달 열흘간 진행했다. 자중천! 문자의 하늘, 문자의 세계다. 큰 서예가 하석이 저간에 해온 작업의 여러 면모를 보여주는 이 전시는 한국 서예전시에 기록되는 사건 같은 것이었다. 전국에서 수많은 관객들이 모여들었다. 아이들과 글씨놀이하는 프로그램도 진행되었다.

 나는 '자중천'과 함께 제자 서예가 김정환과의 대화로 『박원규, 서예를 말하다』를 펴냈다. 하석의 생각과 공부를 깊숙이 들여다볼 수 있는 서예인문학이다.

 "나는 일필휘지의 서예가가 아닙니다. 조각가가 돌을 쪼듯이 한참을 노력해야 비로소 작품이라고 할 만한 것이 나옵니다."

 다시, 2011년 하석의 서예 절친 학정(鶴亭) 이돈흥(李敦興)과 소헌(紹軒) 정도준(鄭道準)의 3인전을 열었다. '서예삼협(書藝三俠) 파주대전(坡州大戰)'이라고 이름 붙인 이 서예전은 역시 석 달 열흘에 걸쳐 헤이리의 같은 공간에서 열렸다. 서예전의 또 하나의 사건이었다. 붓의 대향연이었다. 서울에서 지방에서 관객들이 몰려왔다. 주말마다 세 서예가와 서예비평가들이 참여하는 담론이 펼쳐졌다. 나는 한국서단이 일찍이 경험하지 못한 세 권의 대형도록을 출간했다.

광개토대왕 비문체로 써낸 『부모은중경』

2018년의 『부모은중경』(父母恩重經)은 서예가 박원규의 진면을 보여주는 작업이었다. 가로 150cm, 세로 330cm 82장에 광개토대왕 비문체로 써낸 2,162자의 『부모은중경』은 한국 서예사상 가장 장대한 작품이었다. 광개토대왕의 호방한 기상을 보여주는 서체의 재현이었다. 광개토대왕 비문체는 그 이전 그 이후에도 존재하지 않는 서체다. 하석은 일찍부터 이 비문체를 주목하고 그 재현 작업에 나서고 있다.

하석은 당초 우리 종이로 작업하려 했다. 그러나 국내에서 이 규격의 종이 제작이 불가능해 중국에 특별주문했다. 먹도 우리 것으로 하려 했으나 질감이 마땅치 않아, 450년 역사의 일본 먹 제조원 고매원(古梅園)의 '금송학'(金松鶴) 50자루로 작업했다. 금송학은 고매원도 1년에 25자루 정도 제작해내는 최고 품질의 먹이다. 물은 하석의 후원자이자 『부모은중경』을 주문한 유성우 선생이 백두산 천지에서 길어왔다.

"30여 년 글씨를 썼던 50대에 이르러
붓을 의식하지 않게 되었습니다.
그러면서 필법에 관한 책보다
인문학 책을 더 읽게 되었습니다.
20대부터 공부하던 자학(子學)이
또 다른 인문학이란 생각을 하게 됩니다."

나는 하석과 의논하여 이 기념비적인 작업과 작품을 기리고 기록하는 프로그램을 기획했다. 작품에 나서는 시묵(試墨) 행사와 작업을 끝내는 세연(洗硯) 행사를 진행했다. 세연 땐 명창 안숙선의 소리에 하석이 북채를 들었다. 나는 다큐의 명가 인디컴시네마 김태영 감독에게 일련의 과정을 작품으로 만들자 했다. 「압구정에는 21세기 선비가 살고 있다」고 제목 붙인 이 다큐는 2022년 5월 휴스턴국제영화제에서 은상을 받았다.

하석은 대하소설 『혼불』의 작가 최명희에게도 깊은 영향을 주었다. 『혼불』의 내면세계에 하석의 자취가 느껴진다. 최명희의 수첩에 '숭란경'(崇蘭境)이라는 이름을 써주었다. 맑고 티 없이 고운 난초의 경지를 뜻하는 추사(秋史) 김정희의 문구로, 심산유곡에 피어 있어도 난초의 꽃향기는 십 리를 간다는 의미다.

나의 영원한 스승은 추사

"우리 3,000년 역사에서 나의 스승은 추사입니다. 나는 지금 추사와 씨름하고 있습니다."

추사의 작품 하나하나마다 그 스펙트럼은 넓고 깊다. 유불선, 사서오경에 통달한 독서인이었다. 그 독서가 그 작품을 출현시켰다.

"추사가 위대해질 수 있는 바탕이 무엇인지를 다시 생각해봅니다. '학예(學藝)일치'가 바로 그것입니다. 학문과 예술이 별개가 아님을 추사가 오늘의 우리 서예가들에게 말하고 있습니다."

『박원규, 전각을 말하다』가 곧 출간된다. 제자 서예가 김정환과의 대화록이다. 전각에 대해 우리가 일찍이 경험해보지 못한 담론이다. 그러나 『박원규, 추사를 말하다』가 하석이 갖고 있는 또 하나의 과제다. 위대한 서예가 추사의 서예에 대한 담론이 보이지 않고 있는 것이 우리 서예의 현실이다.

"『박원규, 추사를 말하다』는 나의 마지막 과제입니다."

모든 생명이
공존하는
지구공동체

토마스 베리의
성찰과 경축을 공부하는
강금실 변호사

"자연을 파괴하는 지배자에서
자연의 권리를 지키는 대변자로 진화해야 합니다.
이제 새로운 윤리, 새로운 법, 새로운 시스템이 필요합니다.
모든 생명이 존중받고 공존하는 지구공동체는
지구법학이라는 새로운 법체계 안에서
새롭게 열릴 것입니다."

인간중심주의를 넘어서

강금실 변호사가 이끄는 '지구와사람'은 '생태대'(Ecozoic Era)의 문명을 실현하자는 생명공동체·지구공동체를 지향한다. 생태대는 그리스어로 집을 의미하는 '오이코스'(Oikos)와 생명을 의미하는 '조이코스'(Zoikos)의 합성어다. 2015년에 창립했다.

다양한 학술행사와 교육 프로그램을 기획하고 실행한다. 생태연구회·지구법학회·바이오크라시 연구회·기후와문화연구회를 통해, 과학자·인문학자들의 통합적 담론을 통해 현재의 지구를 넘어 모든 생명이 함께 살아가는 새로운 문명을 모색한다. 지구공동체를 지향하는 인간의 새로운 역할을 발견하려 한다. 인간과 비인간을 동등한 관점에서 정치와 윤리와 생태론을 탐구한다. 생태론적 관점의 민주주의와 공동체를 지향한다.

'지구와사람'은 또한 기후변화의 위기를 함께 극복하는 지혜를 탐구한다. 실천적 인식을 위한 정기 컨퍼런스와 기후변화 컬로퀴엄, 지구법 강좌, 생명문화 강좌를 연다. 생명의 시작(詩作), 생태기행 등 문화예술 플랫폼을 펼친다. 출판기획을 통해 인간중심주의를 넘어 지구중심주의를 대중적으로 모색한다. '지구와사람'은 여느 사회문화운동 모임보다 새롭고 실천적이다.

노무현 정부에 참여하면서

2003년 당시 노무현 대통령에 의한 젊은 변호사 강금실의 법무부 장관 임용은 우리 정치사에 기록될 파격이었다. 새로운 정치의 실험이었다. 노무현이 아니면 펼칠 수 없는 도전이었다. 인문주의자·생태주의자 강금실의 '정치 참여'는 그 자신에게도 귀중한 실천이고 경험이었다.

"노무현 대통령은 진정한 민주주의자이자 자유주의자였습니다. 현실적인 정치인이라기보다 탈권위주의자이자 이상주의자였습니다. 그의 사유는 수평적이고 늘 열려 있었습니다. 참으로 자유로운 영혼이었습니다."

노무현 대통령의 진면목은 퇴임 후 그의 고향 마을에서의 일상에서도 드러난다. 봉화에 찾아오는 사람들과 스스럼없이 어울렸다. 마을 사람들과 막걸리 잔을 들었다.

"자전거 뒷자리에 손녀를 태우고 들판을 달리는 할아버지 노무현이 우리 국민들에게 각인되어 있습니다. 정말 아름다운 모습이 아닙니까."

노 대통령 내외의 예술마을 헤이리 방문

2008년 11월 노무현 대통령이 권양숙 여사와 함께 예술마을 헤이리의 북하우스를 방문했다. 봉화 사저를 설계한 정기용 건축가가 동행했다. 토요일 오후였다. 퇴임과 귀향을 앞두고 나들이한 것 같았다.

재야 시절에 나는 두어 차례 노 대통령을 만난 적이 있다. 같은 고등학교의 두 해 후배였다. "이렇게 방문해주셔서 감사합니다"라고 인사드렸더니, "선배님, 그간 잘 계셨습니까"라고 했다. 대통령으로부터 '선배님'이라는 인사를 받다니.

노 대통령은 그날 두어 시간 북하우스에 머물렀다. 예술마을 헤이리를 어떻게 기획하게 되었고, 작금의 출판 사정이 어떻다는 나의 이야기를 경청했다. 대통령이 뭘 하려고 해도 잘 안 된다는 말씀도 했다.

노무현 대통령의 고향마을과 밀양 내 고향마을은 낙동강을 가운데 두고 있다. 우리 마을 뒷산에 올라가면 저 멀리 강 건너로 봉화산이 보인다. 중학교 2학년 때 배 타고 낙동강을 건너 봉화사로 소풍간 적도 있다.

나는 노 대통령에게 우리가 펴낸 준초이의 대형 사진집 『백제』를 선물했다.

"이런 큰 책 받아도 됩니까."

"농사지으면 수확물을 이웃과 나누기도 하지 않습니까. 우리가 지은 책 농사입니다."

그후 한 달쯤 있다가 청와대 비서실은 노 대통령과 내가 북하우스에서 대화하는 모습을 찍은 사진 14점을 보내주었다.

그러나 어찌하나. 고향 가는 길에 봉화로 찾아뵙겠다는 그때

"사유하지 않으면 누구나 '악인'이 될 수 있는 것입니다.
사유하게 하는 사회적 학습과 교육이 필요하다는
생각을 다시 하게 됩니다."

의 약속을 지키지 못하게 되었으니. 고향에 갈 때면 뒷산에 올라 강 건너 김해의 봉화산을 바라볼 뿐이니.

나는 사진들을 액자에 넣어 내 서재에 걸어놓았다. 그 맑은 영혼을 떠올린다. 강금실 변호사도 말했듯이 노무현 대통령은 "창의적이고 시야가 시원하게 트인 꿈꾸는 사람"이었다.

"현실보다 한발 앞서서 사회의 진보를 바라보는 비전을 보여주었습니다. '다인종사회'를 말씀하기도 했어요."

시인 보르헤스를 탐닉했다

강금실 변호사는 중·고교 시절부터 시 읽기를 좋아했다. 편식하는 책 읽기를 했다. 민음사가 펴내던 『세계시인선』을 모조리 읽었다. 아르헨티나의 시인이자 소설가인 보르헤스를 탐닉했다. 그의 시, 그의 소설을 모조리 읽었다.

이기영의 불교 책들과 보조국사 지눌을 읽었다. 카뮈와 사르트르를 읽었다. 문학을 넘어 철학과 사상, 종교와 신학을 읽었다. 에리히 프롬, 디트리히 본회퍼, 카를 바르트, 파울 틸리히, 헤겔을 읽었다. 루카치의 『역사와 계급의식』, 파울루 프레이리의 『페다고지』, 구스타보 구티에레스의 『해방신학』, 프란츠 파농의 『대지의 저주받은 사람들』을 탐독했다.

대학 시절 그의 책 읽기는 넓고 깊어진다. 김우창의 『궁핍한 시대의 시인』과 『지상의 척도』, 김현의 『행복한 책읽기』, 리영희의『전환시대의 논리』와『우상과 이성』을 읽었다. 송건호 선생 등이 함께 쓴『해방전후사의 인식』은 1980년대 젊은이들의 필독서이듯이 그의 독서목록에도 들어 있었다.

그는 지인으로부터 두 별호를 받았다. 새벽빛을 뜻하는 '효명'(曉明)과 보랏빛 노을이라는 의미의 '자하'(紫霞)인데, 효명과 자하는 여명, 일몰과 같은 이미지다.

내 인생의 전환을 만든 마루야마 마사오의 책

브라질 원주민 사회의 현장조사를 기행문 형식으로 저술한 레비스트로스의『슬픈 열대』는 강금실 변호사에게 '내 인생의 한 권의 책'이다. 마르세유에서 출발하는 배 위에서 바라보는 일몰, 삶의 원감각(原感覺)을 그리면서『슬픈 열대』는 시작된다.

"하늘이 석양 빛으로 밝아지기 시작할 때면
농부는 밭갈기를 멈추고,
어부는 배를 붙잡아 매며,
원주민은 빛이 사그라져가는 물가에 앉아
눈을 깜빡인다."

일본의 정치사상가 마루야마 마사오의『현대정치의 사상과

행동』은 법률가 강금실의 인생에서 한 전환점을 만든 책이다. 노무현 정부에 참여하면서, 정치란 무엇인가를 근원적으로 생각하는데, 이 책은 그 사상과 정신이었다. 제국주의 시대와의 격투 속에서, 근대 일본의 정치적 성격을 묻는다. 민주적인 사회를 어떻게 구현할지를 치열하게 생각하는 실천적인 지식인 마루야마 마사오의 이 책을 읽으면서 그는 가톨릭으로 가게 된다. 영세받는 계기를 만드는 책이었다.

나는 마루야마 마사오의 이 책에 실려 있는 대형에세이 「일본 파시즘의 사상과 운동」을 1980년 초 차기벽·박충석 교수에게 부탁해 편한『일본현대사의 구조』를 기획하면서 읽었다. 1990년대부터 출간되는 '한길그레이트북스'의 한 권으로 마루야마의『현대정치의 사상과 행동』을 펴내는데, 한길사가 지금까지 펴낸 3,500여 권 가운데 나에게 가장 강력하게 기억되는 한 권의 책이다. 인간과 정치, 권력과 도덕, 지배와 복종, 정치적 이데올로기를 깊게 성찰하고 있다.

정치에 참여하면서 한나 아렌트 탐구

2014년에 작고한 '이론과실천사'의 김태경 대표가 펴낸 율리우스 푸치크의『교수대로부터의 리포트』. 강금실이 자신의 인생에서 두고두고 기억하는 '아름다운 한 권의 책'이다. 저자 푸치크는 히틀러가 체코를 점령했을 때 레지스탕스 운동에 나선 저널리스트였다. 체포되어 고문을 받다가 1943년 9월에 처형된 푸치크가 감옥에서 남긴 글과 편지를 묶은 것이다. 누이들에게 보낸 편지에서 그는 아내를 부탁한다.

"그녀가 미망인으로 살기에는 그녀 내부에 아직 젊은 감정이 풍요롭다. 나는 내가 없어지더라도 그녀가 행복하게 살기를 바란다."

저 어려운 1980년대에 개성 있는 인문도서를 펴낸 출판인 김태경은 나의 가슴에 각인되어 있다. 한길사는 그가 번역한 월터 카우프만의 『헤겔』을 1989년에 펴내기도 했다. 그는 1990년 마르크스의 『자본』을 출간했다가 투옥된다. 나는 이에 항의하는 성명서를 출판계 동료들과 함께 발표하는 데 앞장서기도 했다.

강금실은 현실 정치에 참여하면서 한나 아렌트의 철학과 사상의 탐구에 나선다. 유대인으로서 근대 세계의 '근본악'을 온몸으로 경험하는 사상가 아렌트의 저술 『전체주의의 기원』과 『인간의 조건』 『예루살렘의 아이히만』을 본격적으로 읽었다. 정치현실에 대해 단순히 관조하고 성찰하는 형이상학적 분석을 넘어서, 인간답게 살아갈 수 있는 실천적 철학을 온몸, 온정신으로 탐구하는 한나 아렌트에게 인문주의자 강금실은 경도될 수밖에 없었을 것이다.

1961년 예루살렘에서 열린 유대인 학살의 주범 아이히만 재

판을 그 현장에서 취재해 쓴 『예루살렘의 아이히만』은 생각하기의 무능, 말하기의 무능, 판단하기의 무능에서 비롯되는 '악의 평범성'을 말한다. 강금실의 한나 아렌트에의 관심은 저간의 다양한 독서와 성찰, 현실참여의 귀결일 것이다. 우리 정치의 현실은 당연히 한나 아렌트의 이론과 사상에 연계될 것이다. 오늘 우리 정치현실의 '사유 부재'를 한나 아렌트가 말하고 있는 것이다.

"정치는 진리에 따라야 하고, 진리는 정치의 바람직한 갈등해결과 합의 과정을 통해 현실에 정착된다고 생각합니다."

'사유'란 반듯한 삶의 필요·충분조건이다. 반듯한 사유를 위해 우리는 책과 만나야 하는 것이다.

"사유하지 않으면 누구나 '악인'이 될 수 있는 것입니다. 사유하게 하는 사회적 학습과 교육이 필요하다는 생각을 다시 하게 됩니다."

토마스 베리의 생태사상을 만나다

강금실 변호사는 2009년 대학원에서 토마스 베리의 『위대한 과업』을 심층으로 읽는다. 새로운 사유를 하게 된다.

"이 책은 우주의 일부인 지구에서 피어난 생명으로서 인간이 지닌 물질적·정신적·영적 차원의 의미를 파악하고, 인간중심적 세계관이 지나쳐 지구를 황폐화시키고 있는 이 시대의 새로운 대안으로 생태문명을 제시합니다. 그 대안을 만들고 실천하는 일이 우리에게 주어지는 '위대한 과업'입니다.『위대한 과업』의 문장은 이지적인 차원을 넘어 시적으로 혼을 울려서 황홀감을 불러일으킵니다. 특히 제6장「생존력 있는 인간」에서 인간의 신체와 영혼을 만들어낸 우주의 원형적 상징의 하나로 '생명의 나무'를 들고 있습니다."

토마스 베리의 사상은 문명사와 생태학과 우주론의 결합으로 압축할 수 있다. 생태학의 지평을 정치·경제와 같은 사회적 차원과 과학뿐 아니라 우주와 영성의 차원까지로 넓혔다고 평가받는다.

'성찰'과 '경축'

토마스 베리의 이 광활하고 깊은 사상의 형성에는『인간현상』의 저자로 신학자이자 과학자인 테이야르 드 샤르댕과 17, 18세기에 활동한 이탈리아의 역사학자 잠바티스타 비코의 영향이 컸다. 토마스 베리는 아널드 토인비의 영향도 받았다.

"삶에 대한 토마스 베리의 핵심 메시지는 '성찰'(Reflection)과 '경축'(Celebration)입니다. 이 주제는 삶의 여러 어려움으로 고민할 때 나에게 희망을 주었고 격려가 되었습니다. 50대까지의 내가 사회와 권력에 대한 성찰에 매달렸다면, 대학원 공부를 하면서부터는 축제로서의 삶의 가치관을 받아들이고 나날이 행복하게 사는 법을 깨달아가고 있다고 할까요. 지구와 우주의 생명과 존재라는 더 큰 관점에서 삶을 들여다보면서 생각의 틀을 새로이 얻게 되었습니다."

새로운 생명의 세계를 탐구하는 강금실은 토마스 베리의 또 다른 책들인『모든 존재는 권리를 가진다』『우주 이야기』『지구의 꿈』『황혼의 사색』을 젊은이들에게 권독한다.

우주적 겸손이 필요한 시대

오늘날의 과학·산업문명과 자본주의의 끝없는 욕망이 인류의 위기를 부르고 있다. 기계론적 세계관이 인간의 존재를 어렵게 만들고 있다. 물질적·경제적 가치관이 인간을 지배하고 있다.

프란치스코 교황의 메시지가 오늘의 자본주의와 과학세계가 안고 있는 문제의 핵심을 우리에게 경각시킨다.

"난민 수용소의 아이들이 굶주리면서 죽어가고 있지만, 인류를 살인하는 군산복합체의 무기상들은 호화로운 연회장에서 파티를 즐기고 있습니다. 굶어 죽어가는 노숙자들의 현실은 외면하면서 주가 몇 포인트 떨어졌다고 야단스럽게 떠드는 미디어의 현실을 보십시오!"

오늘의 인간들은 자신의 권리만을 부르짖고 있다. 이제 자신의 권리보다 '의무'를 중시하고 각성하는 삶이 요구된다.

"오늘 우리 인간에게는 '우주적 겸손'이 필요합니다. 권력지향적인 사고를 넘어 예술가의 심미안이 필요합니다. 윤동주 시인이 말했지요. '잎새에 이는 바람에도 나는 괴로워했다'고. 생명과 나와 민족의 운명을 연계시키는 심미적 감수성이 살아 있습니다. '모든 사람이 평화롭게 살아가는 삶을 상상해보라'는 존 레넌의 노래 「이매진」을 다시 떠올리게 됩니다."

2020년 지구법학회 회원들이 공동으로 『지구를 위한 법학』을 출간했다. 지구법학이라는 주제에 본격적으로 관심을 가진 사람들이 모이고 있다.

"인간 중심에서 모든 생명의 중심으로 패러다임이 바뀌어야 합니다."

모든 생명이 공존하는 지구공동체

모든 존재는 권리를 가진다. 강에는 강의 권리가, 산에는 산의 권리가 있다. 곤충에게는 곤충의 권리가, 꽃에는 꽃의 권리가 있다. 이제는 인간을 위한 체제가 아니라 지구공동체 모두가 참여하는 체제가 필요하다. 지금 강금실이 추구하는 정신이자 주제다.

"자연을 파괴하는 지배자에서 자연의 권리를 지키는 대변자로 진화해야 합니다. 이제 새로운 윤리, 새로운 법, 새로운 시스템이 필요합니다. 모든 생명이 존중받고 공존하는 지구공동

"삶에 대한 토마스 베리의 핵심 메시지는
'성찰'(Reflection)과 '경축'(Celebration)입니다.
이 주제는 삶의 여러 어려움으로 고민할 때
나에게 희망을 주었고 격려가 되었습니다."

체는 지구법학이라는 새로운 법체계 안에서 새롭게 열릴 것입니다."

강금실 변호사는 저간의 공부와 생각을 두 권의 책『생명의 정치』(2012)와『지구를 위한 변론』(2021)에 담았다.『생명의 정치』가 산업문명의 대안을 모색하는 새로운 생명중심의 생태학적 관점을 소개했다면,『지구를 위한 변론』은 보다 구체적인 시대상황과 대안을 담론한다.

강금실 변호사는 여전히 '좋은 사람들과 함께' 책 읽기를 진행한다. 함께 토론하기, 함께 생각하기다. 함께하는 삶은 의미 있고 재미 있다. '성찰'과 '축제'의 삶이다.

나는 읽는다
고로 존재한다

책의 내면을 탐험하면서
자신의 세계를 구축한
시인 장석주

"인생은 책을 얼마나 읽었느냐에 따라
달라집니다. 저는 늘 책을 삽니다.
책을 사들일 때 책을 읽을 시간도
함께 사는 것입니다."

이른 새벽에 검찰에 연행되었다

1992년 10월 29일 새벽. 네 명의 검찰 수사관이 집으로 밀어 닥쳤다. 출판인 장석주는 곧장 서울지검으로 연행되어 갔다. 연세대학교 마광수 교수가 이미 연행되어 와 있었다. 검찰은 마 교수가 그해 써낸 장편소설『즐거운 사라』를 '음란물'로 규정했다. 검찰권력은 마 교수와 책을 펴낸 청하출판사 장석주 대표를 '음란문서 제조 및 반포' 혐의로 몰아 그날 저녁 8시에 전격 구속했다. 두 사람은 포토라인에 세워졌고 언론들은 신나게 사진찍었다. 그날 저녁 텔레비전 9시 뉴스는 두 문화인의 구속을 난리가 난 듯이 보도해댔다.

검찰은 작가와 출판인을 이미 6개월 전부터 수사하고 있었다. 국무총리 현승종은 국무회의에서 "어찌 이런 야한 내용이 공공연하게 출판될 수 있느냐"면서 화를 냈다는 것이었다. 뒷날 검찰총장이 되는 김진태가 담당 검사였고, 이건개가 서울 지검 검사장이었다. 두 '공범'은 포승줄에 묶이고 수갑을 찬 채 끌려다니다가 두 달 만에 '징역 8월 집행유예 2년'으로 풀려났다.

진보적인 이념으로 민주화운동이 치열하게 전개되던 1980년대에 마광수 교수는 단독자로 성(性)담론을 들고 나왔다. 그는 청하출판사에서 이미『상징시학』『심리주의 비평의 이해』『마광수 문학론집』을 펴냈다.

"그는 독특한 유형의 천재였습니다. 솔직하고 유쾌한 성정의 사람이었습니다. 그는 책과 본성이 둘이 아니라 하나인 사람이었습니다."

스스로 목숨 끊은 작가 마광수

검찰권력이 들이댄 문학의 잣대는 그 작가와 그 출판인에게 지울 수 없는 상처와 사건이 되었다. 마 교수는 재직하던 연세대로부터 추방당했다. 법정 싸움을 통해 해직과 복직을 반복해야 했다. 결국 2017년 스스로 목숨을 끊고 말았다.

"심약하고 고립된 예술가에게 이 사회는 저주를 퍼부었습니다. 죽음에 이르게 했습니다. 한 시대의 유니크한 아이콘이 될 수 있는 순진한 문학가를 우리 사회 전체가 공모해서 죽인 것입니다. 그의 죽음이 억울하고 분합니다. 빈센트 반 고흐의 자살도 '사회적 타살'이라고 하듯이, 마 선생의 죽음도 자살의 형식을 빌렸지만 우리 사회가 타살한 것입니다. 우리 모두는 그를 몰이해와 냉대 속에 방치하고, '변태'라고 몰아세워 죽음에 이르게 했습니다."

출판인 장석주에게도 『즐거운 사라』 사건은 인생의 변곡점이 되었다. 그해 12월 30일 '석방'되었지만, 93년 1월 3일 새해를 맞아 서귀포로 가서 한 달을 머물며 고민했다. 결국 출판을 접기로 했다. 청담동의 사옥과 대치동의 집을 팔고 출판사를 정리했다. 1억이 남았다. 의왕시로 가서 30평형 아파트를 세 얻어 전업 작가의 길로 나섰다.

책 만들기 13년 만이었다. 나름 개성 있는 책들을 기획해냈다. 베스트셀러를 여럿 펴냈다. 서정윤의 시집『홀로서기』(1987)는 200만 부의 슈퍼셀러였다. 몇만 권씩 읽히는『니체전집』10권도 여느 출판사가 펴내지 못하는 기획이었다. 유디트 얀 베르크의『나는 나』는 '여성교재'로 10만 권 이상 팔렸다. 장 그르니에 선집을 펴냈고, 인문과학시리즈 '청하신서'를 펴냈다. 1979년 고려원에 입사해 3년 동안 편집자로 일하다가 1982년 청하출판사를 창립해 500종 이상을 출간했다. 책에 대한 장석주의 관심과 헌신은 연도가 짧지만 개성 있는 출판사 청하의 이미지를 출판계에 각인시켰다.

"출판사명 '청하'(淸河)는 아들의 이름이었습니다. 아들의 이름을 욕되게 하지 않는 책을 만들자는 소박한 생각을 했습니다. 청하에서 만들어낸 책을 계산해보니 800만 권 정도 되는 것 같습니다. 우리 아이 '청하'의 이름이 모든 책의 표지·속표지·판권에 찍혀 있으니 2,400만 개가 되네요. 오래 살까요?"

정독도서관, 청소년 시절의 책 읽기

그가 펴낸 책들과 작가들이 그를 말한다. 미국 시인 실비아 플라스는 32세에 자살한다. 아우슈비츠에서 살아남은 독일 시

"살아온 인생을 되짚어 보면, 항상 중요한 국면마다 책이
있었습니다. 아직 뼈가 약하고 살이 연할 때 저를 키우고 단련한 것도
책이고, 세상으로부터 외면당해 스스로 낙오자가 되어 시골로 내려와
쓸쓸한 살림을 꾸릴 때, 힘과 용기를 준 것도 책이었습니다."

인 파울 첼란도 센강에 투신 자살한다. 멕시코의 시인 옥타비오 파스의 『태양의 돌』과 프랑스의 시인 프랑시스 퐁주의 『사물시편』이 그의 정신의 한 내면일 것이다. 인간이란 무엇인가, 삶이란 무엇인가를 성찰하는 실존의 문제가 그의 가슴에 내재하고 있지 않았을까. 이 땅의 젊은이들이 온몸으로 온정신으로 책 읽고 행동하는 시대, 그 혁명적 정조(情調)의 시대에 출판인 장석주의 책 만들기는 인간의 본성탐구 그것이었을 것이다.

1955년 충남 논산의 농촌에서 태어나 어린 시절을 보낸 장석주는 10세 때 가족과 함께 서울로 이사 왔다. 아버지는 가난한 목수였다. 그러나 아버지는 현실의 너머를 탐색하는 것이었다.

"사춘기 제 눈에 비친 아버지는 늘 꿈 속을 헤매는 몽상가였습니다."

서울에서 장석주가 만난 책의 세계는 '문화충격' 그것이었다. 책은 무한의 총체였다. 학급문고와 친구들과 형들이 읽던 책을 닥치는 대로 읽었다. 독서가 장석주의 탄생이었다.

"청운중학교 시절, 친구 집에서 빌려온 『오영수 전집』을 단숨에 읽고는 제 안의 노스탤지어가 폭발했습니다. 중학교 2학년 때부터 김소월의 압도적인 영향 아래 시를 쓰기 시작했습니다. '학원문학상'을 수상하기도 했습니다."

경기상고에 진학했다. 그러나 학교 수업보다 정독도서관에서의 책 읽기가 그의 모든 것이었다. 1970년대 박정희의 권위주의 권력은 학교를 병영화시켰다.

햇빛 쏟아져 들어오는 정독도서관 열람실

그는 책의 세계로 도피했다. 저항의 몸짓 같은 것이었다. 정독도서관은 그의 유토피아였다. 독서로 구현되는 피안의 세계였다.

황순원·김동리·손창섭·이제하·김승옥·이청준·박태순·이문구·박상륭·황석영·최인호 같은 한국 소설가들, 고은·김종삼·김수영·김지하·황동규·신경림·김영태 같은 한국 시인들, 카프카·카뮈·헤세·헤밍웨이 같은 국외 소설가들, 니체·바슐라르·사르트르·프로이트·융 같은 철학가와 사상가를 가리지 않고 읽었다. 미술사·성서고고학을 탐독했다. 독서록·독후감을 노트했다. 정독도서관 시절의 이 노트들과 습작들이 1979년 신춘문예에 당선되는 시와 평론의 기초가 되었다.

"저는 정독도서관에서 전가통(全可通)의 세계를 꿈꾸고, 동과 서, 어제와 오늘의 책들을 두루 찾아 읽으면서 그것을 향해 한 발 한 발 내딛는 청년 시절을 보냈습니다. 어깨 너머로 햇빛이 쏟아져 들어오던 정독도서관 열람실에서의 책 읽기는 잊을 수 없는 세월이었습니다. 희망 없는 내일과 궁핍이 의식을 옥죄었지만, 날마다 책 읽는 것으로 그 고통을 견디어냈습니다."

그토록 책 읽기에 매달린 것은 책이 그를 새로운 의미의 존재로 이끄는 충만한 세계이기 때문이었다.

"책은 심오한 통찰로 이루어진 위대함, 무한한 사유와 창조를 이끄는 촉매제였습니다. 책을 읽으면서 자주 샛길로 빠져 엉뚱한 영역에서 헤맸지만, 그 자체가 경이로웠습니다. 그 일탈의 경험은 또 다른 사유와 무한한 형태의 창조적 진화에 이르게 하는 것이었지요. 책의 권능이었습니다. 저는 독서를 즐거움의 수단으로 삼았지만, 이 즐거움이야말로 제 안의 '혁명'이자 '결단'이었습니다."

삶의 대안이 된 책 읽기

20대 초반에 그가 읽은 다양한 문학이론서들. 프랑스의 가스통 바슐라르의 책들, 김우창과 김현의 비평서들을 모두 찾아 읽었다. 이들의 영향을 받아 문학의 내재적 가치에 눈 뜨고 나름의 방법론을 세웠다. 문학비평으로 가는 길이었다.

책 읽기에 몰두하다가 그는 대학을 가지 않았다. 책 읽기는 그의 삶의 대안이었고, 사유의 모든 것이었다. 책 읽기로 시인이 되었고 평론가가 되었고 저술가가 되었다.

"시와 철학은 한 뿌리에서 나온 두 가지라고 생각합니다. 둘은 오성(吾性)을 향하는 길에서 방법론적 차이를 가질 뿐 한 혈통입니다. 시는 상상력을, 철학은 사유를 방법론적 매개로 삼

습니다. 시는 자명함을 배제함으로써 자명함에 닿고, 철학은 의미를 배제함으로써 의미에 닿습니다. 철학은 상식·대화·지혜 너머로 나아가려는 사유 속에서 뜨겁게 달아올라 빛을 내는 행위입니다."

'나는 읽는다, 고로 존재한다!' 장석주에게 가장 진실한 명제일 것이다. 읽음으로써 그는 현실 속에서 실체를 구현해내는 것이었다. 독서가 장석주!

벼락처럼 머리에 꽂힌 니체의 철학

"제 인생 최초의 철학책은 니체의 『차라투스트라는 이렇게 말했다』였습니다. 저는 이 책을 읽고 또 읽었습니다. 생각하고 생각했습니다. 니체의 철학은 벼락처럼 제 머리에 꽂혔습니다. 니체의 책들이 굶주린 짐승처럼 그르렁거리는 인식욕을 채워 주는 한편 제 절박한 내적 필요에 응답했습니다. 20대 때 저는 광대의 역할을 떨치고 일어나 사자의 심장을 갖고 생활전선에 뛰어들었습니다. 니체는 제게 속삭였습니다. '나는 너의 미로다'라고. 저는 굶주린 자가 젖과 꿀에 탐닉하듯이 니체 철학의 정수를 정신없이 들이켜며 철학이 건네주는 황홀과 도취 속에서, 부정의 정신에서 긍정의 정신으로 돌아섰습니다. 어느 순간 삶에 얽힌 매듭들이 주르륵 풀렸습니다. 더는 삶을 버거워하며 우울감에 빠지거나 주눅들지 않았습니다."

독서가 장석주가 좋아하는 또 한 권의 책은 질 들뢰즈와 펠릭스 가타리가 공동저작한 『천 개의 고원』(새물결, 2001)이다. 그에게뿐 아니라 모든 독서가들에겐 인지적 충격일 것이다. 인류가 생산해낸 거의 모든 지식을 통할하여 논구하고 있다. 문학·철학·인류학·지질학·음악·수학 등 모든 학문의 세계를 종합하면서 새로운 인문의 지평을 연다. 독서가 장석주가 좋아할 수밖에 없는 저술세계의 새로운 지평이었다.

장석주가 그동안 읽고 모은 책들이 3만 권이 된다. 온갖 책들의 섭렵이다. 그가 소장하고 있는 시집이 물경 5,000권이나 된다. 소설이 수천 권이 될 것이다. 문학이론·인문서·예술서들이 또 얼마나 될까. 이렇게 다양한 책들을, 때로는 여러 번씩 읽다보니 100권이 더 되는 책을 저술해냈다. 책 읽기가 시인·작가·평론가·저술가를 만들어냈다.

젊은이들에게 책의 가치와 독서의 즐거움을

장석주는 자신을 '산책자' 겸 '문장노동자'라고 칭한다. 사람들은 그를 '인문학 저술가'라고도 부른다. 책의 내용을 널리 알리고 책 읽기를 권하는 '독서교사'가 되었다.

세상의 친구들에게 책의 가치를, 독서의 즐거움을 알리는 작업이란, 책과 책 읽기를 사랑하고 스스로 출판해낸 그에게는 운명 같은 일이다. 그가 북리뷰해서 써낸 책들이 열 권을 넘어

"책은 심오한 통찰로 이루어진 위대함,
무한한 사유와 창조를 이끄는 촉매제였습니다.
책을 읽으면서 자주 샛길로 빠져
엉뚱한 영역에서 헤맸지만,
그 자체가 경이로웠습니다.
그 일탈의 경험은 또 다른 사유와
무한한 형태의 창조적 진화에
이르게 하는 것이었지요."

서고 있다. 젊은 친구들에게 책의 가치와 즐거움을 이야기해주
는 일이야말로 그 무엇보다 행복하다.

그가 써낸 책들이 우리 현대문예사의 한 장르가 되어가고 있
다. 첫 시집 『햇빛사냥』(1979, 고려원)으로부터 가장 최근의 시
집 『헤어진 사람의 품에 얼굴을 묻고 울었다』(2019, 문학동네)
등 18권의 시집을 냈다. 문학을 통해 본 현대한국의 사회문화
사인 『20세기 한국문학의 탐구』(전 5권, 시공사, 2000), 『일상의
인문학』(민음사, 2012), 『이상과 모던뽀이들』(현암사, 2011), 이
광수에서 배수아까지의 작가론인 『나는 문학이다』(나무이야
기, 2009), 『풍경의 탄생: 한국시의 이미지 계보학을 위해』(인디
북, 2005), 동양철학에서 우리 시를 읽는 『상처 입은 용들의 노
래』(뿌리와이파리, 2009), 『은유의 힘』(다산책방, 2017) 등 수십
권을 펴냈다. 『한 완전주의자의 책읽기』가 그의 기억에 남는
한 권의 책이다.

생의 고비마다 책이 있었다

독서가 장석주는 루이스 보르헤스의 책 예찬론을 좋아한다.
보르헤스는 "쟁기와 칼은 손의 확장이다. 그러나 책은 그 이상
이다. 책은 기억의 확장이다"라고 했다. 한두 권의 책이 아니
라, 수많은 책들 속에서, 그 책들의 내면을 탐험하면서 그는 자
신의 세계를 구축해낸다.

"살아온 인생을 되짚어 보면, 항상 중요한 국면마다 책이 있었습니다. 아직 뼈가 약하고 살이 연할 때 저를 키우고 단련한 것도 책이고, 세상으로부터 외면당해 스스로 낙오자가 되어 시골로 내려와 쓸쓸한 살림을 꾸릴 때, 힘과 용기를 준 것도 책이었습니다. 평생을 책과 벗하며 살아왔으니, 제가 읽은 책들이 곧 내 우주였다고 자신 있게 말할 수 있습니다. 제 안에 다정함이나 너그러움, 취향의 깨끗함, 투명한 미적 감수성, 올곧은 일에 늠름할 수 있는 용기가 손톱만큼이라도 있다면 그것은 모두 책에서 얻은 것입니다."

독서가 장석주의 시 「대추 한 알」이 교과서에 실려 있다. 수많은 책들이 합창하면서 창출해내는 그의 정신의 한 풍경일 것이다. 그의 독서철학이다.

"저게 저절로 붉어질 리는 없다
저 안에 태풍 몇 개
저 안에 천둥 몇 개
저 안에 벼락 몇 개

저게 저 혼자 둥글어질 리는 없다
저 안에 무서리 내리는 몇 밤
저 안에 땡볕 두어 달

저 안에 초승달 몇 낱"

인생은 책을 얼마나 읽었느냐에 따라 달라진다

독서가 장석주는 다시 야심적인 큰 책을 준비하고 있다. 시와 서사와 철학이 통합되는, 니체의 『차라투스트라는 이렇게 말했다』와 같은 작업이다. 『피안의 노래』라는 제목으로. 50년 저간의 독서와 성찰을 집성하는 저술이다. 한 독서가의 긴 편력과 성찰이 어떻게 귀결될지, 스스로도 궁금해지는 작업이다. 그가 읽은 책, 그의 사유, 그의 우주 이야기일 것이다. '내 삶의 주인으로 살기 위한 한 권의 책'일까. 독서가 장석주의 책 읽기의 또 다른 귀결일 것이다.

"인생은 책을 얼마나 읽었느냐에 따라 달라집니다. 저는 늘 책을 삽니다. 책을 사들일 때 책을 읽을 시간도 함께 사는 것입니다. 책을 읽고 싶다면, 서점에 나가 책을 사십시오. 그래야 비로소 책을 읽을 시간도 얻습니다. 인생은 책을 얼마나 읽었느냐에 따라 달라집니다!"

파주출판도시는
한 권의 큰 책 만들기

한국의 전통과 미학을
탐구하는
기획자 이기웅

"생각하는 출판이라야 삽니다.
그래야 나라가 살고,
이 나라 사람들이 삽니다."

파주출판도시 건설은 축제 같은 프로젝트

1980년대와 1990년대는 '책의 시대'였다. 책 쓰고, 책 만들고, 책 읽는 시대였다. 나라와 사회의 민주화가 우리들 삶의 중심 주제였다. 책 쓰기, 책 만들기, 책 읽기는 민주화를 구현해내는 문제의식이자 실천 역량이었다.

파주출판도시는 1980년대와 1990년대 책 만드는 우리들의 문제의식이고 그 성과였다. 권위주의 정치 권력으로 책이 수난당하는 시대에 출판인의 삶은 고단했지만, 책 만들기와 함께 출판도시 건설은 우리에겐 축제 같은 일이었다.

1980년대 중후반 단행본 출판사 10여 명은 주말이면 북한산을 오르곤 했다. 산을 오르면서, 우리는 무엇을 할 것인가, 무엇을 할 수 있는가를 주제로 대화했다. 파주출판도시는 우리의 북한산 산행에서 발상되었다. 1980년대라는 험난한 시대가 출판도시와 같은 대형 프로그램을 발상하고 구현하게 만들었다. 시대상황이 그 시대상황을 극복하는 지혜와 의지를 창출해낸다는 사실을 우리는 체득했다.

세계 출판문화사에 유례가 없는 파주출판도시의 건설은 탁월한 출판 장인 이기웅과 함께 이야기되어야 한다. 출판계의 동지들이 손잡고 더불어 함께 구현해낸 파주출판도시는 그러나 이기웅이라는 출판인이 선두에 나섰기에 구체화되고 실현될 수 있었다.

일지사에서『조지훈 전집』과『서정주 문학전집』만들고

출판계 동지들과 출판도시를 발상·토론하면서 나는 "저 DMZ 근방에 '책의 유토피아'를 만들자"고 했다. 분단된 국토의 허리를 책으로, 평화의 국토로 만들자는 생각 같은 것이었다.

파주출판도시로 들어가는 자유로 변에 세워놓은 큰 바위에 '통일의 길목'이라고 새겨져 있다. 남과 북으로 오고 가는 길목에 우리의 출판도시가 건설되었다는 사실을 우리 모두가 주목하게 된다. 이기웅과 함께 걷는 우리들의 책의 길, 책의 정신이었다.

나는 파주출판도시를 한 권의 큰 책 만들기라고 생각했다. 한 권의 책은 혼자 만들 수 없다. 한 권의 책을 존재하게 하는 문화적·역사적 전통과 시대정신이 전제된다. 파주출판도시는 '더불어 함께하는' 협동과 연대의 정신으로 가능했다. 출판인 이기웅이 선도하고 이에 동의하는 출판 동인들의 파트너십으로 출판도시는 현실이 되는 것이었다.

이기웅은 중·고등학교와 대학 시절엔 '책 읽는 학생'이었다. 을유문화사의『한국문화총서』와『세계문학전집』, 신구문화사의『현대세계문학전집』과『톨스토이 전집』과『전후세계문학전집』을 읽었다. '을유문고' '정음문고'가 그의 독서세계를 넓고 깊게 만들었다.

열화당은 1976년에 창립한 한길사보다 5년 선배 출판사다. 이기웅은 열화당을 창립하기 5년 전인 1966년 일지사에서 책 만들기를 시작했다. 『조지훈 전집』(전 6권, 1973)과 『서정주 문학전집』(전 5권, 1972)을 만들었다. 밤을 새우면서 교열에 매달렸다. '최초 독자로서의 편집자'의 재미를 누리는 것이었다.

"조지훈 선생에게서는 강건하고 우렁차며 꼿꼿한 선비정신을, 서정주 선생에게서는 정교하고 서정적인 언어의 마술을 배웠습니다."

김원용 교수의 『한국고고학개설』이 일본의 학창사(學窓社)에서 출간되었다.

"선생님, 왜 우리 고고학을 한국에서 내지 않고 일본에서 냅니까?"

"한국 출판사가 내줍니까?"

"우리가 내겠습니다."

한 편집자로서 이기웅은 부끄러웠다. 우리 고고학을 일본에서 내다니.

열화당의 등장은 한국 미술출판사의 한 사건

미술출판을 중심 주제로 삼는 열화당. 열화당의 등장은 우리 미술출판의 수준과 차원을 드높이는 역사적인 사건 같은 것이었다. 한국 미술출판은 열화당의 등장으로 새로운 시대를 맞는

"열화당 책박물관의 컬렉션은 '보편의 특수성'
또는 '보잘것없음의 보잘것 있음'이라고 말할 수 있습니다.
이는 책의 역사성·희귀성으로 고서의 가치를 규정하는 일반적 잣대와 달리,
컬렉터가 아닌 '편집자'의 시각에서 발견한 책들입니다."

다. 한국미술과 동양미술과 서양미술의 전 영역, 전 장르에 걸치는 미술출판이었다.

김원룡의『신라토기』, 강우방의『원융과 조화: 한국고대조각사의 원리 1』과『법공과 장엄: 한국고대조각사의 원리 2』, 황수영 글·안장헌 사진의『석굴암』, 문명대의『고려불화』와『한국조각사』, 조요한의『한국 미의 조명』, 정양모의『동양미술의 감상』, 권영필의『실크로드 미술』, 최열의『한국 근대미술의 역사』『한국 근대미술 비평사』, 오광수의『한국 현대미술사』, 지건길의『한국 고고학 백년사』등을 통해 우리 미술사의 찬란한 세계로 들어갔다.

이기웅은 한국의 전통과 미학을 집요하게 탐구하는 기획·편집자였다.『근원 김용준 전집』(전 6권)과『우현 고유섭 전집』(전 10권)을 펴냈다.『상허 이태준 전집』(전 14권)이 진행되고 있다.

그는 한국 기층문화의 탐구에 나섰다.『한국 호랑이』(김호근·윤열수 편), 황헌만 사진집『장승』『초가』『옹기』와,『우리네 옛 살림집』(김광언)이 그것이다.『창덕궁과 창경궁』(한영우 글·김대벽 사진),『서원』(이상해 글·안정헌 사진),『강릉선교장』(이기서 글·주명덕 사진)을 통해 한국의 전통건축 철학과 미학을 담아낸다.

인간문화재 춤꾼들의 춤 사진과 현장비평으로 엮어낸『춤과

그 사람』『한국의 탈놀이』시리즈, 김수남의 사진 작업『한국의
굿』과『한국악기』(송혜진 글·강운구 사진), 이종석의『한국의
전통공예』『한국의 목공예』『우리 옷과 장신구』(홍나영·장숙
환·이경자 글, 이미량 그림),『한국의 가면극』(전경욱),『조흥동
의 한량무』를 통해 우리 전통의 기층세계와 아름다움을 경이
롭게 구현해낸다. 출판인 이기웅과 사진작가 강운구, 북디자이
너 정병규가 "30여 회 경주를 유람하면서" 손잡고 펴낸『경주
남산』은 책 만들기의 풍류를 보여주었다.

건축으로, 서양미술사로

'열화당 사진문고'는 사진예술을 대중화로 이끈 '작은 사진
박물관'이다. 사진문고와 함께『사진의 역사』(보먼트 뉴홀)와
『영혼의 시선: 앙리 카르티에-브레송의 사진에세이』등 사진
이론서들이 이어진다.

이기웅의 에디터십은 건축작품집으로 진입한다.『김중업 다
이얼로그』로 시작해서『승효상 도큐먼트』『새로 숨쉬는 공간:
조병수의 재생건축 도시재생』에 이어『민현식 건축작품집』이
기획된다. 건축이론과 건축에세이로 확장된다. 지오 폰티의
『건축예찬』, 하산 화티의『이집트 구르나마을 이야기』, 손세관
의『북경의 주택』, 르 코르뷔지에가 쓴『르 코르뷔지에의 사유』
등이다.

이기웅은 다시 19세기 말과 20세기의 주요 미술운동을 다루는 '현대미술운동총서'로 들어간다.『후기인상주의』로부터『추상표현주의』로 이어지는 전 14권의 이 총서는 한국의 독자들에게 미술운동의 개념과 흐름을 새로운 비평적 관점에서 제시하는 번역출판이다. 다시 '위대한 미술가의 얼굴' 전 16권으로 이어진다. 고답적 해설에서 벗어나 한 시대의 미술운동에 큰 획을 긋는 미술가들의 성취를 역동적으로 서술해내는 번역출판이다. 여기에 고전미술의 보고 루브르 박물관이 소장하고 있는 미술품들을 만화로 그려내는 '루브르 만화 컬렉션'을 출간한다. 마르셀 프루스트의『잃어버린 시간을 찾아서』를 영상전문가 스테판 외에에 의해 각색·해석·재구성해낸다.

이기웅의 문제의식은 미술비평가이자 사진이론가, 소설가이자 다큐멘터리 작가이고 사회비평가인 존 버거(1926-2017)의 발견에서 유감없이 발휘된다.『그리고 사진처럼 덧없는 우리들의 얼굴, 내 가슴』『존 버거의 글로 쓴 사진』『다른 방식으로 보기』『A가 X에게: 편지로 씌어진 소설』『어떤 그림: 존 버거와 이브 버거의 편지』로 이어지는 존 버거의 책들은 우리 모두의 사유를 신비한 차원으로 이끌어 간다.

생각하는 출판, 참교육과 연대하는 출판

출판인 이기웅은 2001년 그동안의 책과 출판에 대해 쓴 자신의 글들을 모은 『출판도시를 향한 책의 여정』(눈빛) 머리말에서 말했다.

"출판은 학교나 법원이나 종교단체와 함께 '진리의 기구'라 일컬어질 정신영역입니다. 우리는 왜 책을 만듭니까. 한 번쯤 가슴에 손을 얹고 이 원초적 질문을 스스로에게 던져봅시다. 책은 사람의 정신을 다루고 정신에 자신을 공급하는 젖줄과 같은 것이지요. 이러한 소명 의식이야말로 출판의 본령이요 큰 줄기입니다. 우리의 출판은 참교육과 연대해야 합니다. 진지한 학문과 함께 길을 걸어야 합니다. 생각하는 출판이라야 삽니다. 그래야 나라가 살고, 이 나라 사람들이 삽니다."

모든 편집자들은 그들이 만드는 책을 먼저 읽는다. 읽어야 한다. '읽는다, 고로 편집자는 존재한다'고 할 수 있다. 그러나 편집자들은 편안하게 책 읽는 사람이 아니다. 치열하게 읽어야 한다. 그가 만드는 책의 운명을 평가하는 전문직업인으로서 그 콘텐츠를 해석해내야 한다.

열화당은 1971년 창립 이래 지금까지 1,000여 권을 출간해냈다. 출판인 이기웅은 우리 출판계에서 책을 가장 많이 읽는 출판인에 속할 것이다. 그의 손에는 언제나 책이 들려져 있다. 탐구·탐독하는 기획자다.

함께 고서마을 헤이온와이를 방문하고

출판인 이기웅은 책의 매무새를 치밀하게 살피는 책 탐미가이기도 하다. 아름다운 문자들로 구성되는 한 권의 책이야말로 지상에서 가장 아름다운 미학의 성과일 것이다. 19세기 영국의 위대한 출판장인 윌리엄 모리스가 말하지 않았나.

"이 지상에서 가장 아름다운 예술적 성과가 무엇이냐고 묻는다면 나는 그 첫째를 건축이라고 말하고 싶다. 그다음이 무엇이냐고 묻는다면, 책이라고 말하고 싶다."

이기웅과 나는 책을 탐험하는 길에 동행해왔다. 우리는 새 책도 좋아하지만 헌책과 고서 속으로 들어가기를 좋아한다. 우리는 고서의 향기를 사랑한다.

1994년 4월이었다. 이기웅 사장 내외와 우리 내외는 영국의 웨일스 지방 헤이온와이로 갔다. 일찍부터 헌책에 새로운 생명 불어넣기, 헌책방운동을 세계에 펼친 리처드 부스 선생의 고서마을에 가서, 책의 정신을 온몸으로 호흡하고 싶었다. 농사창고와 마굿간이 책방으로 재탄생하고 있었다. 수많은 헌책들이 책의 음향을 합창하고 있었다. 그 봄날의 하오, 우리의 고서마을 헤이온와이의 체험은 이미 우리가 펼치고 있는 출판도시의 당위와 철학을 우리들 가슴과 머리에 다시 한번 각인시켰다.

헤이온와이의 여행을 계기로 나는 예술인마을 헤이리의 건설에 나섰다. 출판도시는 이기웅이, 헤이리는 김언호가 맡아서

진전시키게 되는 것이었다.

파주출판도시의 열화당은 책박물관

2004년 봄에 나는 이 헤이리에 책의 집, 책을 위한 집 '북하우스'를 개관했다. 책방이 중심이고, 미술전시·음악공연·인문강좌를 할 수 있는 공간이 준비되었고, 다시 카페를 열었다. 저간에 컬렉션한 고서들을 강호의 제현들과 함께 보기 위해 북하우스 뒤편에 한길책박물관을 지어 개설했다. 위대한 책의 장인 윌리엄 모리스가 출판공방 켈름스코트에서 펴낸 책들과 프랑스의 책그림 작가 귀스타브 도레의 책들이 전시되었다.

한국 미술출판사에 한 획을 긋는 출판인 이기웅은 책 만들기, 책 읽기를 삶의 일상적 질서와 운명으로 삼지만, 아름다운 책, 의미 있는 책들을 발견하고 수집·보존한다. 그 자신이 책박물관이다. 한 권의 책이 존재하는 그 과정, 그 결과를 한자리에 운집시키는 지혜야말로 참으로 미학적이고 인문적인 박물관 작업이다.

파주출판도시의 열화당은 책박물관이다. 이기웅의 책에 바치는 헌신, 책에 대한 신념은 종교처럼 존엄하기도 하다. 52년째 책과 씨름하고 있는 영원한 현역 이기웅이 동과 서, 남과 북으로 책을 찾는 여행에서 발견하고 수집한 책이 물경 4만 권이 넘는다. 16세기의 독일 고서 『마르틴 루터 전집』(전 12권)과

1827년부터 42년에 걸쳐 출간된 『괴테 전집』 등 16세기에서 20세기 초에 이르는 독일의 고서들, 18세기 영국 청소년들을 위한 문학독본 시리즈 등과 우리 근현대의 경(經)·사(史) 등 희귀 한적(漢籍)을 모았다.

"열화당 책박물관의 컬렉션은 '보편의 특수성' 또는 '보잘것 없음의 보잘것 있음'이라고 말할 수 있습니다. 이는 책의 역사성·희귀성으로 고서의 가치를 규정하는 일반적 잣대와 달리, 컬렉터가 아닌 '편집자'의 시각에서 발견한 책들입니다. 이들 책은 낱권으로서가 아니라 함께 존재함으로써 그 의미와 가치가 더욱 특별해집니다."

이기웅은 늘 유니크한 발상을 해낸다. 건축가 조병수의 설계로 2021년 예술마을 헤이리에 '안중근 기념 영혼도서관'을 개설했다. 개성 있는 삶을 살아온 인사들의 자서전·전기를 중심 주제로 삼는 책의 세계를 구현하고 있다. 책으로 담아내는 인간들의 아름다운 역사와 정신이다. 그는 역시 탁월한 기획자다.

두 출판인의 책 탐험전: 이기웅과 김언호의 꿈

유니크한 책들을 만날 수 있는 출판도시의 열화당은 책박물관일 뿐 아니라 책학교다. 개성 있는 책, 아름다운 책들이 곧 책박물관이고 책학교가 될 수가 있다. 여기에 이 책들의 가치를

“책은 사람의 정신을 다루고
정신에 자신을 공급하는 젖줄과 같은 것이지요.
이러한 소명 의식이야말로 출판의 본령이요 큰 줄기입니다.
우리의 출판은 참교육과 연대해야 합니다.
진지한 학문과 함께 길을 걸어야 합니다.”

발견해낸 출판인 이기웅이 있기 때문이다.

2004년 가을, 나는 북하우스에서 즐거운 책놀이를 펼쳤다. '두 출판인의 책 탐험전: 열화당 이기웅과 한길사 김언호의 꿈'이 그것이었다. 그와 내가 컬렉션한 책 50여 점씩을 전시해 책 좋아하는 친구들에게 공개했다.

다시 2014년 가을, 책축제 파주북소리를 열면서 나는 '7인 7색전'을 기획했다. 화봉 책박물관 여승구, 삼성출판박물관 김종규, 범우사 윤형두, 지경사 김병준, 열화당 이기웅, 한길사 김언호, 고서 컬렉터 변기태 등 7인의 고서 컬렉션을 전시하는 나름 재미있는 책축제였다. 나는 이 전시의 취지를 이렇게 썼다.

"위대한 지성을 텍스트 삼아, 아름다운 영혼의 장인들이 형상화해낸 책들, 출판문화의 존엄과 미학을 우리 스스로 다짐해보자."

온고지신, 법고창신

편집자 이기웅은 책의 가치, 책의 미학을 복원하는 또 하나의 프로그램 '열화당 한국근현대서적 복간총서'를 진행하고 있다. 우리의 근현대 출판이 시작되던 1800년대 말에서 6·25 이후 사회 전반이 재건되던 1950년대와 60년대, 그리고 70년대에 출간되었던 책과 기록들을 엄선하여, 복각본을 간행하는 기획이다.

"온고지신(溫故知新) 법고창신(法古創新)입니다. 뛰어난 저술가·문필가들이 책을 잘 가다듬어 다시 역사에 올려놓는 행위이자, 지난 시대의 참된 말씀을 담아내는 아름다운 그릇을 구워내는 일입니다. 우리 책의 원형, 책의 뿌리를 찾는 일이기도 합니다. 이 디지털 시대에 책의 원형과 존재방식을 성찰하자는 것입니다."

이화여전 방신영 교수가 1911년 한성도서주식회사에서 출간한 한국 최초의 근대식 요리책『조선요리제법』, 대한성공회의 부흥에 생애를 바친 영국의 세실 쿠퍼 주교가 1932년에 쓴『사도문』(私禱文), 근대 번역시문학의 세계를 개척한 김억 시인이 편한『꽃다발: 조선여류한시선집』이 그 작업이다. 이청준의 5주기를 맞아 그의 첫 창작집『별을 보여드립니다』(1971)와 화가 박수근을 소재로 한 박완서의 첫 장편소설『나목』(裸木, 1976)이 그 성과다.

출판인 한만년전, 문예출판사 전병석전

이기웅은 2014년 10월 '출판인 한만년과 일조각'전을 기획했다. 출판인 한만년(1925-2004)의 10주기와 일조각 창립 60주년에 즈음하여 한만년과 일조각이 남긴 업적을 조명하는 것이었다.

"출판인 한만년의 출판정신을 통해 우리 시대의 책의 역사를 경험해보자는 것이었습니다.”

2014년 1월에는 2018년 81세로 세상을 떠난 문예출판사 전병석 대표가 열화당 책박물관에 기증한 도서를 전시했다. ‘책은 캠퍼스 없는 문화대학’이라고 말한 한 출판인의 컬렉션은 우리 시대를 빛나게 하는 또 다른 책의 풍경이었다.

출판사 열화당과 출판인 이기웅을 다시 말하고 싶다

열화당은 1815년 이기웅의 5대조 할아버지 오은(鰲隱) 이후(李垕) 선생이 강릉 선교장에 세운 아름다운 집이다. 서책을 만들고 수집하면서, 지적 대화를 펼치던 공론 공간이었다. 출판인 이기웅은 이 열화당에서 펼쳐진 선인들의 정신과 철학을 책으로 되살리기 위해 출판사 열화당을 설립했다.

“인문주의자이자 기행문학가이고, 건축가인 오은 할아버지는 출판인이셨습니다. 그 정신을 다시 살리고 싶었습니다.”

열화당 30주년인 2001년 나는 열화당이 펴내는 한 간행물에 「출판사 열화당과 출판인 이기웅을 다시 말하고 싶다」는 글을 썼다. 한 출판인에게 드리는 작은 헌사 같은 것이라고 할까.

“아름다운 한 권의 책은 어느 날 하루아침에 탄생하지 않을 것이다. 한 시대를 일으켜 세우는 출판문화 역시 그러할 것이다. 출판인 이기웅의 책 만드는 일과 그 성취는 대형건물 같은 걸 지어내는 물량 출판이 아니지만, 이 땅의 출판문화사에 기

록되는 '문화유산'이라고 나는 확신한다. 그런 출판인을 선배
와 동료로 삼아 책 만드는 일을 하게 되어 나는 즐겁다. 아름다
운 책의 정신으로 책 만드는 그 출판사와 그 출판인에게 경의
를 표한다."

번역가는 원전에 겸손해야 합니다

"우리말로 번역해야 한다"고 다짐하는 번역가 김석희

"번역하는 나에게 책은 생활의 방편이면서
생활의 이데올로기입니다.
책을 숭배하는 종교가 있다면,
나는 아마 그 사원 맨 앞자리에
앉아 있을 것입니다."

14년 걸린 『로마인 이야기』 번역작업

1994년에 시작한 시오노 나나미의 대하 역사평설 『로마인 이야기』 전 15권의 번역작업을 2007년에 끝낸 번역가 김석희는 제15권 끝에 붙인 「옮긴이의 말」을 이렇게 시작하고 있다.

"마침내 끝났습니다. 처음 출발할 때만 해도, 끝이 보이기는커녕 끝이 있기나 한 것일까, 그곳에 정말 갈 수 있을까 하는 두려움과 걱정이 앞서기도 했던, 그 멀고 오랜 길이 이제는 다 끝나고, 마침내 목적지에 도착했습니다."

『로마인 이야기』와 함께 한 세월을 보낸 번역가 김석희. 저자 시오노 나나미와 함께 고대 로마세계의 시공을 넘나들던 그 역사기행의 감회를 호쾌하게 말하고 싶었을 것이다.

"'임페라토르' 카이사르를 따라 갈리아 전선을 누비고 다니다가 전쟁이 끝난 뒤 어느 시골에 정착한 로마 병사의 기분이 이런 게 아니었을까 싶습니다."

내가 『로마인 이야기』를 기획하기 시작한 지 올해로 30년이 되었다. 30주년을 맞아 '전자책'까지 펴냈다. 수많은 독자들과 함께 한 시대의 '슈퍼셀러'를 구현해낸 지난 세월의 자초지종이 나에게도 경이롭다.

열린 문제의식, 세계화 시대에 대응하는 책 만들기

1970년대와 80년대의 치열한 인문·사회과학의 책 만들기·

책 읽기를 넘어 1990년대라는 '세계화 시대'를 맞으면서 나는 책 만들기의 '새로운 카드'가 필요하다고 생각했다. 그 하나가 "동서고금의 사상과 이론을 집대성하는" '한길그레이트북스'의 기획이었고, 열린 문제의식으로 세계화 시대에 대응하는 책 만들기·책 읽기가 시오노 나나미의 『로마인 이야기』였다.

그때 나는 『로마인 이야기』를 기획하면서 나름 같이 생각하기, 같이 토론하기를 시도했다. 독자들과 책의 내용을 공유하는 책 만들기다.

로마 2,000년의 문명사를 총 15권으로 써내겠다고 '선언'하고 그 작업을 진행하던 시오노 나나미의 『로마인 이야기』가 과연 우리 사회에 준용될 수 있을지, 어떤 의미가 있는지를 여러 지식인들에게 이미 간행된 내용을 검토하게 했다. 각계 독자 50명에게 번역된 제1권 『로마는 하루아침에 이루어지지 않았다』 원고 전문을 미리 주어 읽고 토론하는 '시독회'가 그 하나였다. 49명이 출간을 적극 지지했다.

1995년에 출간된 『로마인 이야기』의 제1권 『로마는 하루아침에 이루어지지 않았다』, 제2권 『한니발 전쟁』은 폭발적인 반응을 불러일으켰다. 시오노의 또 다른 작품 『바다의 도시 이야기』(전 2권), 『나의 친구 마키아벨리』 『르네상스의 여인들』 『신의 대리인』 『체사레 보르자 혹은 우아한 냉혹』이 앞서거니 뒤서거니 출간되면서 시오노의 '역사평설'은 한국 독자들에게 새로운 책 읽기를 체험하게 했다. 김석희는 『로마인 이야기』의 제1부에 해당되는 1권~5권으로 제1회 한국번역상의 대상을 받게 된다.

300종 350권 번역

김석희가 지금까지 번역한 책은 얼마나 될까. 300여 종 350권이나 된다. 김석희는 영어·불어·일어 번역이 다 가능하기 때문에, 그의 번역 장르는 넓고 깊다. 인문·예술이 60퍼센트, 40퍼센트가 소설이다.

어떤 책이 그를 번역의 세계, 번역가의 길로 이끌었을까.

"영국 작가 존 파울스의 소설 『프랑스 중위의 여자』가 나를 번역의 세계로 이끈 한 권의 책이었습니다. 이 책은 세 번이나 번역했습니다. 1982년에 처음으로 번역했는데, 당시 영화로 만들어졌지요. 그러나 기회가 오면 다시 번역해야 한다는 생각을 갖고 있었습니다. 판권을 정식으로 계약한 출판사의 요청으로 다시 번역해 출간했지요. 1997년이었습니다. 그 출판사가 사업을 접게 되자 친분 있는 '열린책들'과 이야기가 되어 개역 수준의 작업을 더해서 2004년에 출간했습니다."

마도로스 작가가 되고 싶었다

번역가 김석희의 길은 문학이었다. 고등학교에 진학하면서,

"번역할 때 내가 기본적으로 취하는 태도는
겸손입니다. 저자와 원서에 대한 예의라고
말할 수 있습니다. 그것은 결국 저자의 문체를
존중하는 태도에 닿아 있습니다."

책 읽으면서 글쓰기의 삶을 살기로 결심했다.

"그때 내 고향 제주도는 바닷길과 하늘길로 사방이 열린 관광지가 아니고, 바다로 갇힌 척박한 섬이었습니다. 바닷가에 서면 그 답답한 섬을 벗어나고 싶다는 열망에 숨이 막히곤 했습니다. 그런 나를 다잡기 위해서 나는 책에 빠져들었습니다. 일기를 쓰면서 시도 쓰고 산문도 썼습니다. 몇몇 선후배들과 문예서클을 만들어 동인지를 펴냈습니다. 한 대학이 주최하는 백일장에 참가하여 장원에 뽑히기도 했습니다. 문학소년의 면모를 보여주었다고나 할까요. 공부는 뒷전이고 문학책을 한껏 읽었습니다."

집에서 학교를 오가는 도중에 도립도서관이 있었다. 고모부가 도서관장을 맡고 있어서, 서고를 내 집 안방처럼 드나들면서 마음대로 책을 꺼내 읽었다.

"그 무렵 내가 읽고 충격적인 감동을 받은 책이 도스토옙스키의 『죄와 벌』과 카뮈의 『이방인』이었습니다. 나의 독서편력에서 너무나 판이한 두 주인공 살인자에 대한 이해가 처음엔 요령부득이었으나 그 상이한 자의성이야말로 작가의 세계관이라는 걸 이해하게 되면서 소설가에 대한 존경심과 꿈을 갖게 되었습니다."

그는 '마도로스 작가'가 되고 싶었다. 섬을 떠나고 싶은 열망 속에는, 망망대해를 누비며 세상을 체험하고 싶다는 소망이 깃

들어 있었다. 해양대학에 진학할 마음도 먹었지만, 6·25 때 납북된 숙부 때문에, 이른바 연좌제에 저촉되어 입학할 수 없다는 사실을 알고 해양대의 꿈을 접어야 했다.

"1972년에 대학 불문학과에 입학했는데, 우리 동기들은 그해의 '10월유신'에 빗대어 '유신학번'이라고 자조했습니다. 그 자조의 이면에는 분노와 절망이 깔려 있었습니다."

책은 기억과 상상력의 확장

대학 시절, 학교는 걸핏하면 휴교령으로 문을 닫았고 제대로 강의받거나 공부해본 기억이 그에겐 별로 없다. 일기를 썼다. 그것이 시가 되고 소설이 되었다. 대학문학상을 받기도 했다. 졸업하고 군대에 다녀왔다. 국문학과에 학사편입하고, 다시 대학원에 진학했다가 중퇴했다. 1987년 소설로 『한국일보』신춘문예에 당선되었다.

"책에 관한 정의나 어록이 많지만, 나는 루이스 보르헤스의 말을 가장 좋아합니다. 보르헤스는 책이야말로 인간이 사용하는 여러 도구들 가운데 가장 놀라운 발명품이라고 했지요. 책은 기억의 확장이자 상상의 확장이라고 했습니다. 책은 기억과 상상을 통하여 과거와 미래로 건너가는 징검다리와 같은 것입니다. 과거를 돌아보며 반성하고, 미래를 내다보며 꿈꾸는 것이야말로 우리 인간이 누릴 수 있는 가장 큰 축복이 아닐까요.

번역하는 나에게 책은 생활의 방편이면서 생활의 이데올로기입니다. 책을 숭배하는 종교가 있다면, 나는 아마 그 사원 맨 앞자리에 앉아 있을 것입니다."

본질 이전의 의미를 찾는 번역작업

번역가 김석희에게 번역이란 무엇일까. 1997년 나는 그가 저간에 번역한 책들의 끝에 붙인「역자의 말」을 모아『북마니아를 위한 에필로그 60』을 펴냈다. 이 책의 머리에 쓴「에필로그의 프롤로그」에서 그의 '번역관'을 읽을 수 있다.

"초보적인 언술이지만, 번역은 한 나라의 언어(작품, 문화)를 그 울타리 밖으로 옮겨 나르는 일입니다. 하나의 텍스트가 국경을 넘을 수 있는 방법은 번역가의 행랑을 거치는 길밖에 없습니다. 그렇게 함으로써 텍스트는 비로소 콘텍스트를 얻게 됩니다. 이 과정에는 사전적 풀이만으로는 채워질 수 없는 상상력과 이미지 찾기가 요구됩니다. 여기에 번역이 베끼기와 다른 이유가 있습니다.

번역은 해석입니다. 해석은 하나의 텍스트를 해체하고 재구성해, 또 하나의 콘텍스트를 얻어내는 과정입니다. 번역이 단순한 낱말풀이나 의미 전달이라면, 번역은 사람의 몫이 아니라 기계의 몫이 되어도 좋을 것입니다.

기계에 의한 번역은 정보에 지나지 않습니다. 번역가의 경

우도, 그기 사용하는 언어는 수단이지 본질은 아닐 것입니다. 본질적인 것은 언어 이전에 있습니다. 번역은 그것을 찾아내는 작업입니다. 독일의 뛰어난 번역가이자 문예학자인 발터 베냐민은 그것을 '원문의 메아리'라고 부르고, 그 메아리가 울려 퍼질 수 있는 '의도'를 찾아내는 것이 번역가의 과제라고 했습니다."

번역가는 원작 뒤에 그림자로 머물러 있어야 한다는 생각을 번역가 김석희는 하고 있다. 그래서일까. 그는 모든 번역서의 끝에 '역자의 말'을 놓고 있다.

2008년에 나는 다시 그의 '역자의 말'을 모은 『번역가의 서재: 김석희, 내가 만난 99편의 책 이야기』를 펴냈다. 원서에 바치는 그 정성이 지극하다. 그의 '역자의 말'은 원저자에게 바치는 역자의 헌사다.

번역을 새로 시작할 때

"번역을 할 때, 특히 소설을 번역할 때 내가 기본적으로 취하는 태도는 겸손입니다. 저자와 원서에 대한 예의라고 말할 수 있습니다. 그것은 결국 저자의 문체를 존중하는 태도에 닿아 있습니다. 단어 하나하나, 문장 하나하나에 대해, 그 단어와 그 문장을 작가는 왜 이곳에 이렇게 썼을까를 생각하는 것입니다.

이문구의 문체와 이청준의 문체가 다른 것처럼, 헤밍웨이의 문체와 포크너의 문체가 다릅니다. 그 다름을 읽어내야겠지요. 그 다름을 옮기는 것이 번역자의 몫이 아닐까 합니다.”

김석희는 번역을 새로 시작할 때마다 목욕을 한다. 그냥 집에서 하는 샤워 정도가 아니라 목욕탕에 가서 때를 벗긴다. 먼젓번 작업의 흔적을 지우는 것이다. 그런 다음 새 책의 번역작업에 들어간다. 원저자가 어떤 사람인지를 탐색한다. 응당 그러하겠지만, 그는 번역작업 하나하나에 최선을 다한다.

“번역을 많이 하던 시절엔 옆에 놓고 사용하던 영한·불한·일한 사전의 귀퉁이가 하도 달아서 거의 해마다 사전을 갈아치웠습니다. 번역 전문가가 무엇 때문에 사전을 그리 자주 보냐고 할지 모르나, 평범한 단어라도 그것이 문맥 속에서 담당한 몫을 찾다 보면, 오히려 사전 안에 갇혀 있지 않은 다른 뜻을 궁리하게 됩니다. 말의 숲속을 거닐며 한숨을 돌리기도 합니다.”

원전은 존중하되 자유롭게

1990년대 초반 100여 권까지 번역해내면서 그는 문체가 무엇인지를 체득하게 된다. 나름 자신의 문체를 구사할 수 있게 된다.

“우리말로 번역해야 한다고 늘 다짐하고 있습니다. 우리말과 서양말은 다릅니다. 원전은 존중하되 자유롭게, 그러니까 텍스트에 갇히지 않는 번역을 하려 합니다. 번역을 끝내고는

"책은 기억과 상상을 통하여
과거와 미래로 건너가는 징검다리와 같은 것입니다.
과거를 돌아보며 반성하고 미래를 내다보며
꿈꾸는 것이야말로 우리 인간이 누릴 수 있는
가장 큰 축복이 아닙니까."

약간 소리내어 읽습니다. 늘 문장의 리듬을 생각합니다."

그의 번역작업에는 참고저서들이 대거 동원된다. 『로마인 이야기』작업을 위해 10권 이상의 문헌을 읽고 연구했다.

불멸의 해양문학 『모비 딕』(작가정신, 2011)은 김석희가 혼신을 다해 번역해낸 성과다. 「옮긴이의 덧붙임」에서 그는 기록했다.

"번역은 쉬운 일이 아니었다. 중도에 포기할 생각도 여러 번 했다. 이 소설은 곳곳에 온갖 비유와 상징이 널려 있고, 축약과 도치와 비문(非文)의 문장들(그것도 19세기 중엽의 미국 영어)이 난무하는 까닭에, 그 덤불 같은 상징과 알레고리의 숲을 지나면서 단어와 구절들의 의미를 나름대로 해석하고 판단하고 결정하는 일을 수시로, 아니 끊임없이 수행해야 했기 때문이다. 불어판과 일어판을 참고로 할 수 있어서 도움이 되기는 했지만, 어쨌거나 덤불이 무성한 숲속에서 길을 잃지 않고 마침내 밖으로 나올 수 있었던 것만은 다행한 일이지 싶다."

홋타 요시에의 명저 『고야』와 『몽테뉴』 번역출판

나는 책을 만들면서 20세기의 빛나는 두 지성을 직접 만났다. '자본주의 3부작'인 『혁명의 시대』 『자본의 시대』 『제국의 시대』를 저술해낸 역사가 에릭 홉스봄 선생과, 전 4권의 『고야』와 전 3권의 『몽테뉴』를 써낸 홋타 요시에 선생이다. 홉스봄 선생은 1987년 5월 방한했을 때 우리 출판사를 직접 방문했다. 한국의 민주화운동을 격려하는 말씀을 해주셨다. "오늘 우리 국가사회의 성원들은 '역사'에 대해 비상한 관심을 가지고 있다"고 내가 말씀드리자 선생이 말씀했다.

"오늘을 살아가는 사람들은 역사를 통해서 삶의 희망과 미래의 지표를 얻을 수 있습니다. 역사를 연구해보면, 역사는 결코 무의미하지 않다는 것을 알게 됩니다."

1996년 10월 나는 일본 최고의 지성이자 문학가인 홋타 선생을 도쿄 남서쪽 바닷가의 작은 도시 즈시(逗子)에 있는 자택으로 방문했다. 말씀을 듣고 『고야』와 『몽테뉴』를 한국어로 번역출판하겠다고 말씀드렸다.

홋타 선생의 이 두 거작을 김석희가 번역했다. 1998년과 99년에 출간되는 이 두 거작을 나는 직접 교정하고 편집했다. 즐거운 책 만들기였다. 98년 3월 나는 출간된 『고야』를 들고 홋타 선생을 다시 뵈러 가서 말씀을 들었다.

홋타 선생의 명저 『고야』와 『몽테뉴』는 김석희의 번역으로 명품이 되었다. 김석희는 『고야』에 「헌사」를 썼다.

"이 책을 번역하는 동안 그 무게와 매력에 압도당한 나머지, 나는 아직도 울창한 숲을 벗어나지 못한 느낌에 사로잡혀 있습니다. 고야의 파란만장한 삶과 창조적 열정도 그렇거니와, 그 고야의 인생과 예술을 활달한 필력으로 서술해낸 작가의 문학적 성취에 대해서도 나는 그저 숨이 막힐 뿐입니다. 위대한 삶과 위대한 글이 행복하게 만난 예를 이 책은 열심히 보여주고 있습니다."

나는 책을 낼 때, '저자의 말' 또는 '역자의 말'을 중시한다. 때로는 '머리말'이라고 하지만, 사실은 작업의 맨 마지막에 쓰게 되는데, 독자들에게 주는 저작자들의 이런 글이 사실은 가장 인간적이고 가장 핵심적인 메시지를 담고 있을 것이다. '저자의 말' 또는 '역자의 말'을 통해 우리는 그 작품 속으로, 그 저자의 내면으로 다가간다. 그런 점에서 시오노 나나미가『로마인 이야기』에 붙인「독자들에게」는 단연 압권이다. 역자 김석희가『몽테뉴』에 붙인「르네상스적 교양인의 내면 풍경: 독자들에게」가 역시 그렇다.

"400년 저쪽의 몽테뉴를 불러내어 마치 친구를 대하듯 담소하며 평전을 써내려간 홋타 요시에는, 어쩌면 윤회의 업을 거듭한 끝에 다시 태어난 몽테뉴 자신인지도 모릅니다. 둘이 하나라는 느낌은 나 혼자만의 인상이 아닐 것입니다. 몽테뉴의 내면을 살피는 홋타의 눈길은, 몽테뉴 자신이 아니고는 그렇게 섬세할 수 없을 정도로 치밀하고 자상합니다.

『에세』의 한 구절에서 몽테뉴의 전모를 이끌어내는 솜씨도 그렇습니다. 그것은 단순한 필력 이상입니다. 홋타의『몽테뉴』에는 한 인간에 대한 한 인간의 모든 것이 들어 있습니다."

전 20권으로 번역해낸 『쥘 베른 선집』은 김석희의 또 하나의 성과다. 2002년에 시작해, 중간에 5년 쉬었지만, 2015년에 끝냈다. 『해저 2만리』『15소년 표류기』『80일간의 세계일주』『신비의 섬』 등 80작품을 선(選)했다.

"쥘 베른은 이 세상에 SF를 선물한 최초의 작가지요. 모험소설 작가들도 그에게 빚지고 있습니다. 놀라운 상상력과 천재적인 통찰력을 가진 위대한 작가입니다."

귀향한 제주사람 김석희, 거수를 찾아 나섰다

김석희는 2009년 제주도로 귀향한다. 언젠가는 다시 돌아간다는 생각을 했지만, 2006년 아버지가 작고하자 홀로 되신 어머니가 큰아들 석희가 내려왔으면 했다.

번역해서 번 돈으로 바다가 내려다보이는 언덕 위에 집을 지었다. 1층이 서재고 2층이 집필실이다. 그 어머니도 2021년에 아버지 곁으로 떠나셨다.

그는 2000년부터 한 해 한 번씩 단식을 한다. 이를 계기로 일일 일식을 하게 되었다. 하루 세 갑씩 피우던 담배도 끊었다. 그러나 일주일에 두 번씩 친구들과 술 마신다. 그래서일까. 그의 얼굴은 맑고 건강해보인다.

번역가 김석희는 지금 '아이들을 위한 그리스 신화'를 번역 아닌 자기 글로 쓰고 있다. 김석희의 그리스 신화는 아마도

따뜻하고 포근할 것이다. 우리 아이들이 사랑하는 책이 될 것이다.

번역가 김석희는 요즘 오래된 거수(巨樹)를 찾아나선다. 제주도엔 150여 그루의 보호수가 있는데 100여 그루가 팽나무다. 수백 년이 더 된 당나무와 정자나무, 계절마다 다른 자태를 드러내는 야생의 풍경이 제주도의 본모습이 아닌가. 여름의 무성함부터 겨울의 앙상함까지 거수들은 아름답다. 인간과 자연의 오랜 세월을 품고 있는 거수들을 카메라에 담는다. 귀향한 제주사람 김석희의 또 다른 일상이다.

좋은 정치 도와주는
책 읽기, 책 쓰기

50세가 넘으면서
과학책 읽기 시작한
작가 유시민

"나는 무엇인가. 나는 누구인가.
어떻게 살아야 하고 어떻게 죽는 것이 좋은가.
의미 있는 삶, 성공하는 인생의 비결은 무엇인가.
품격 있는 인생, 행복한 삶에는 어떤 것이 필요한가."

어떻게 살 것인가

나는 저술가 유시민의 책『어떻게 살 것인가』를 좋아한다. 그의 여러 책들 가운데 이 책을 좋아하는 것은 그 자신의 생각과 삶의 자세를 진솔하게 이야기하고 있기 때문이다. 그의 사유의 자서전 같기도 하다. 훗날 누군가가 '유시민 연구'를 하려면 아마 가장 많이 논의되고 인용되는 책일 것이다.

"이 책을 쓰면서 나는, 오래 덮어두었던 내 자신의 내면을 직시할 기회를 가졌고 그것을 드러낼 용기를 냈다. 정치적 올바름을 위해 감추거나 꾸미는 습관과 결별했다. 내 자신의 욕망을 더 긍정적으로 대하게 되었다. 마음이 내는 소리를 들었다. 삶을 얽어맸던 관념의 속박을 풀어버렸다. 원래의 나, 내가 되고 싶었던 삶을 나답게 살기로 마음 먹었다."

유시민은 대학에서 경제학을 공부한 사회과학도다. 독일 유학을 가서도 경제학을 공부했다. 그러나 그는 '사회철학자'다. 사회현상·인간현상을 치열하게 탐구하는 삶을 스스로 살고 있다.

그가 읽는 책, 그가 써내는 책들은 기본적으로는 '어떻게 살 것인가'라는 주제와 연계되어 있다. 그의 책『국가란 무엇인가』『나의 한국현대사』『거꾸로 읽는 세계사』『청춘의 독서』『역사의 역사』도 사실은 '어떻게 살 것인가'라는 주제를 다루고 있다.

"나는 무엇인가. 나는 누구인가. 어떻게 살아야 하고 어떻게 죽는 것이 좋은가. 의미 있는 삶, 성공하는 인생의 비결은 무엇인가. 품격 있는 인생, 행복한 삶에는 어떤 것이 필요한가. 이 질문들은 독립한 인격체로 사회에 첫발을 내딛는 청년들뿐만 아니라 인생의 마지막 페이지를 이미 예감한 중년들도 피해갈 수 없는 질문이라고 생각한다."

한 권의 책은 어떻게 살 것인가를 묻고 답한다

단풍이 붉게 물드는 만추, 그의 서초동 연구실을 찾았다. 책 읽고 책 쓰는 그의 작은 공간이다. '어떻게 살 것인가'가 그와 내가 나눈 담론의 주제였다.

"당초엔 책 제목을 '어떻게 죽을 것인가'로 정하고 초고를 만들었습니다. 그런데 2012년 말 박근혜 후보가 대통령으로 당선되는 일이 벌어졌습니다. 암울한 분위기였습니다. 다시 썼습니다. 암울한 분위기를 나름 극복해보자는 생각을 하면서 책 제목도 '어떻게 살 것인가'로 바꿨습니다."

1978년에 나는 『어떻게 살 것인가』라는 작은 책을 펴냈다. 박정희의 유신통치가 극악한 상황으로 치닫는 시대였다. 1975년 3월 동료 130여 명과 함께 해직당한 나는 76년 출판사를 설립했다. 펴내는 책들이 판금되고 저자는 구속됐다. '어떻게 살 것인가'는 그 시절 나의 삶의 절실한 주제였다. 김수환 추기경, 법정 스님, 송건호 선생, 박경리 선생, 안병무·서남동·김찬국 교수, 고은·신경림·황명걸 시인 등 시대의 현인 열다섯 분에게 '어떻게 살 것인가'라는 주제를 드렸다. 이 땅의 젊은이들에게 주는 지혜의 말씀을 써달라고 했다. 그분들도 어떻게 살 것인지를 스스로에게 묻고 대답하는 심경으로 원고를 써주셨다.

2023년, 올해로 책 만들기 47년이 되었다. 3,500여 권의 책을 펴냈다. '어떻게 살 것인가'는 오늘도 나의 책 만드는 주제어가 되고 있다. 한 권의 책이란 어떻게 살 것인가를 묻고 대답하는 정신적·지적 작업이라고 생각하면서 오늘도 나는 책 만드는 일에 나서고 있다. 그러기에 유시민의 『어떻게 살 것인가』를 나는 더 주목하게 된다.

한국 언론의 담론 수준 중세신학과 다를 바 없다

— 유 선생은 글 쓸 때 가장 중요하게 생각하는 것은 무엇입니까?

"진부해지지 말자고 합니다. 진부한 이야기는 싫습니다. 새롭게, 보다 창조적인 주제를 써보자 합니다."

— 유 선생이 지금 가장 중요하게 생각하는 주제는 무엇입니까?

"이른바 인문학이라는 것이 진리와 진리 아닌 것을 판단할

수 있는 기준 같은 것이 과연 될 수 있을까 하는 의문을 갖고 있습니다. 모두들 인문학, 인문학이라고 외치지만, 우리의 삶은 여전히 어렵습니다. 저는 인문학의 위기라고 진단합니다."

─유 선생이 진단하는 '인문학의 위기'는 우리가 함께 본격적으로 논의할 큰 주제이지만, 오늘 우리 사회의 가장 심각한 현실적인 문제는 이른바 '언론'이라는 집단이 저지르는 범죄적 행태가 아닌가 합니다.

"오스트리아의 작가 슈테판 츠바이크의 소설 『다른 의견을 가질 권리』가 제기하는 문제의식을 말하고 싶습니다. 프랑스의 종교개혁가 장 칼뱅의 종교적 도그마를 다룬 소설인데, 종교개혁 한다면서, 그와 맞서는 세르베투스를 불태워 죽입니다. 츠바이크는 이 소설에서 타인의 의견을 존중하는 관용의 문제를 제기합니다.

오늘의 한국 언론의 담론 수준은 중세신학과 다를 바 없다는 생각을 하게 됩니다. 종교재판 하듯이 단죄하고 침 뱉지 않습니까. 내 생각, 내 논리를 무조건 옳다고 주장·주창합니다. 그 어떤 의심도 해보지 않습니다. 전통적으로 언론인은 생각하는 사람입니다. 지성인입니다. 지금 우리 언론인은 생각하는 삶을 사는 것이 아니라, 사는 대로 생각하고 판단해버립니다."

─한 정치인이 전직 대통령을 총살해야 한다고 공개적으로 막말을 합니다. 그것을 아무런 비판도 없이 보도하는 정치 현

실에 우리가 서 있습니다.

"개인 김문수는 그렇게 할 수 있다고 생각합니다. 신경생리학으로 해석할 수밖에 없지요. 그러나 우리 언론은 그런 발언에 대해 생각도 비판도 없이 그대로 보도해버립니다. 끔찍합니다. 폭력적인 언어를 마구 내뱉는 언론, 이게 어찌 언론이라 할 수 있습니까."

드레퓌스 사건 또는 집단 히스테리

유시민은 1987년 스물여덟 살에, 최루탄 가루가 날리는 거리에서 낮을 보내고, 구로공단 근처의 '벌집' 자취방에 돌아와 밤새 글을 썼다. 그것이 베스트셀러 『거꾸로 읽는 세계사』였다. 이 책에서 그는 세기말 프랑스에서 일어난 '드레퓌스 사건'을 다뤘다. 우파 언론이 극우 정치세력과 한통속이 되어 유대인 포병대위 드레퓌스를 간첩으로 몰아가는 집단 히스테리를 분석하는 것이었다. 정의로운 소설가 에밀 졸라가 「나는 고발한다」는 준엄한 글을 발표하는 등 양심적인 정치인·지식인들이 궐기하여 승리해내지만, 그 과정에서 우리는 언론의 범죄적 행태를 보게 된다. 프랑스 국민은 드레퓌스 사건을 겪으면서 인권과 언론의 가치를 새삼 체득하게 된다. 이 시대의 우리 언론은 드레퓌스 사건을 보도하던 그 시대의 언론과 다를까.

1978년에 나는 슬로바키아 출신 언론인 니홀라스 할라스가 쓴 『드레퓌스』를 펴냈다. 유신 통치가 절정으로 치닫고 있었다. 『드레퓌스』는 그 포악한 권력통치의 시대에 자유언론의 한 구멍을 뚫는 상징적인 한 권의 책이 되었다. 독자들의 반응은 대단했고, 인권변호사들의 필독서가 되었다. 나는 이 책을 1982년에 『드레퓌스 사건과 지식인』이라고 개제하여 '오늘의 사상신서' 제49권으로 펴냈다. 그후 2015년에 다시 『나는 고발한다: 드레퓌스 사건과 집단 히스테리』로 재간행했다. 우리는 이 한국사회에서 드레퓌스 사건을 여전히 체험하고 있다고 생각해서였다.

진정한 보수주의자 맹자를 좋아한다

언론다운 언론에 관한 유시민의 문제의식은 집요했다. 2009년에 출간한 『청춘의 독서』에서 다시 언론의 본능과 본성을 비판한다. 1980년 초반에 기획된 '한길세계문학'의 한 권으로 간행된 독일작가 하인리히 뵐의 소설 『카타리나 블룸의 잃어버린 명예』는 현시대의 잘못된 언론을 고발한다. 그러나 독일의 문제작가 뵐이 비판하는 독일 언론의 상황에 비해 오늘의 한국 언론은 오히려 더 심각한 지경이 아닌가.

"그대는 신문 헤드라인을 진실이라고 믿습니까? 나는 대답한다. 아니요, 믿지 않습니다. 헤드라인을 진실로 믿어도 되는 그런 좋은 신문을 집에서 구독해보는 것이 내 간절한, 언제 이루어질지 모르는 내 소망입니다."

진보주의자 유시민은 '진정한 보수주의자' 맹자를 좋아한다. '아름다운 보수주의자' 맹자의 사상을 재발견한다.

"맹자는 '수오지심'(羞惡之心)을 의(義)의 핵심이라고 말하지요. 내 잘못에 대해서 부끄러워하고 타인의 잘못에 대해서 화를 낼 줄 알아야 한다는 뜻인데, 우리 언론은 수오지심이 없습니다. 김문수의 폭언과 막말에 화내는 언론이 없습니다."

책은 우리의 희망입니다

— 왜 책을 읽습니까?

"세상에서 내가 좀 잘 할 수 있는 일이 글 읽고 책 쓰는 일이라고 생각해서입니다. 내가 세상과 관계 맺는 나의 방식이라고 할까요."

— '알릴레오북스'를 왜 합니까?

"함께 생각해보자는 것입니다. 책 소개를 통해서 세상과 소통하고 사람들과 대화하자는 것이지요. 정치비평보다는 책을 이야기하는 일, 저자로부터 그 내용을 들어보는 일은 정말 즐거운 일입니다. 우리의 희망입니다."

— 지난번 '알릴레오북스'에서 이오덕 선생의 『우리글 바로쓰기』를 이오덕 선생의 제자 이주영 선생과 함께 토론하는 걸 보고 유시민 선생의 또 다른 면모에 놀랐습니다. 저는 이오덕

"오늘 우리가 사는 대한민국은,
다른 모든 국민 국가가 그런 것처럼,
수많은 사람들이 바친 열정과 헌신,
눈물과 희생의 산물입니다. 저는
대한민국이 더 훌륭한 국가,
더 좋은 정치가 구현되기를 소망합니다."

선생과 오랫동안 토론하면서 선생의 책을 대거 출판했습니다. 『우리글 바로쓰기』는 선생의 사상과 실천의 진면을 보여주는 책이라고 생각합니다.

"저는 우리말·우리글로 책 쓰는 사람입니다. 이 땅에서 글 읽고 책 읽는 지식인들이라면 응당 아름다운 우리말·우리글에 대해 관심을 갖고 연구해야 된다는 생각을 합니다. 이오덕 선생의 책을 통해 저는 우리말·우리글을 새롭게 발견합니다. 이오덕 선생은 책 읽고 책 쓰는 저의 영원한 스승입니다."

'문과 남자의 과학공부' 쓰고 있어요

―저는 우리글·우리 문자로 책 만드는 출판인입니다. 그래서 행복합니다. 요즘 어떤 책을 쓰고 있습니까?

"'제가 읽은 과학책 이야기' 쓰고 있습니다. 과학 공부를 해야 인문학 공부가 온전해질 수 있습니다. 인문학 하는 사람들 과학책 거의 읽지 않습니다. 과학을 토대로 하지 않는 인문학 공부는 위험하지요. 과학공부를 하지 않아서 여러 문제가 제기된다고 생각합니다. 임의로 지은 제목은 '문과(文科) 남자의 과학공부'입니다.

2009년 제가 50세가 되었습니다. 다윈 탄생 200주년이고 『종의 기원』 출간 150주년이 되는 해이기도 합니다. 저는 그해 처음으로 과학교양서를 읽기 시작했습니다. 『종의 기원』, 리처드 도킨스의 『이기적 유전자』, 생물학·뇌과학·우주론에 관한 책을 읽기 시작하면서 놀랐습니다. 인문학 공부하면서 답이 없는 주제들이 많았습니다. 감동을 못 느꼈는데, 과학책은 정말 재미있었습니다. 짜릿하고 감동적이었습니다. 생각이 달라졌습니다. 저의 인문학 주제와 독서에 대한 생각들이 어떻게 달라졌는지, 그런 이야기를 쓰고 있습니다. 과학은 지식과 정보의 집합이 아니라 인간과 세상과 우주를 자연과 과학으로 보는 것입니다.

우리 인문학의 가장 큰 문제는 최근의 과학적 성과와 문제의식을 수용하지 못함에 있습니다. 지난 100여 년의 눈부신 과학적 발전을 토대로 하고 있지 않은 전통적인 인문학이 문제입니다. 과학을 배척하고 무시하는 인문학이 그 위기의 근원입니다."

—인문학을 탐구하는 우리 젊은이들에게 권독하고 싶은 책이라면?

"칼 세이건의 『코스모스』와 리처드 도킨스의 『이기적 유전자』, 브라이언 그린의 『엔드 오브 타임』 『맹자』와 존 스튜어트 밀의 『자유론』을 권독하고 싶습니다."

『토지』『광장』『자유론』은 열 번 이상 읽었습니다

—과학책 말고 어떤 책을 읽었습니까?

"최인훈의 『광장』과 박경리의 『토지』, 황석영의 소설들, 헨

"저는 체질적으로 정치에 안 맞는 거 같습니다.
제 경우 정치는 나를 소모시키는 것 같았어요.
그러나 책 읽기, 책 쓰기는 나를 축적시키는 것 같습니다.
막스 베버는 '직업으로서의 정치'를 말했지요.
좋은 정치란 참으로 중요하지요.
저는 좋은 정치를 도와주는 책 읽기,
책 쓰기를 하고 싶습니다."

리 조지의 『진보와 빈곤』, 소스타인 베블런의 『유한계급론』을 읽었습니다. 『토지』의 제1부는 열 번, 제2부는 일곱 번쯤 읽었습니다. 『광장』도 열 번 이상 읽었습니다. 『토지』는 다시 읽어도 언제나 좋습니다. 종합예술입니다. 『자유론』도 열 번 이상 읽었습니다. 그러나 프루스트의 『잃어버린 시간을 찾아서』는 세 번이나 도전했지만 완독에 실패했습니다. 최명희의 『혼불』도 완독에 실패했습니다. 제 독서 스타일이라고 할 수 있겠지요. 최근에 출간된 정지아의 소설 『아버지의 해방일지』를 재미있게 읽었습니다."

유시민은 청춘의 시절에 자신을 감동시킨 책 이야기를 썼다. 『청춘의 독서』다. 도스토옙스키의 『죄와 벌』, 리영희의 『전환시대의 논리』, 마르크스·엥겔스의 『공산당 선언』, 토마스 맬서스의 『인구론』, 푸시킨의 『대위의 딸』, 사마천의 『사기』, E.H. 카의 『역사란 무엇인가』, 솔제니친의 『이반 데니소비치의 하루』를 다루고 있다.

노무현 대통령은 임기 중엔 와인 한 잔 정도

―2018년부터 2021년까지 사람사는세상 노무현재단 이사장을 지냈습니다. 노무현 대통령은 어떤 분이었습니까.

"정말 매력 있는 분이었습니다. 명석하고 법률가로서 실력 있었습니다. 대중적인 언어 구사에 탁월했습니다. 정의감에 불탔습니다. 정치를 하다보니 여자 있는 술집에도 선배 정치인과 함께 갔지만 오래 머물지 않았습니다. 여유가 없으니 술값도 안 내고 팁도 주지 않았습니다. 그러나 마담부터 말단 직원들에게까지 경어를 썼습니다. 부산에서 노무현·문재인 변호사가 동업하면서 판·검사 접대 안 하고 브로커도 쓰지 않았습니다. 여당이었던 민정당 보좌관들도 노무현 의원을 좋아했습니다."

—대통령 시절엔 어땠습니까?

"권위주의 같은 거 없었습니다. 탈권위주의 시대였습니다. 대통령에게 무슨 이야기든지 할 수 있었습니다. 권력으로 사람을 대하지 않았습니다. 노무현 대통령은 말과 논리로 싸웠습니다. 검사와의 대화도 그렇지 않았습니까. 대통령은 '받아 적는 거 하지 말자'고 했습니다. 원래 술도 잘 안 하셨지만, 대통령이 되면서는 와인 한 잔 하는 정도였습니다. 대통령이 취하면 안 되지 않습니까."

좋은 정치를 도와주는 책 쓰기, 책 읽기

—노무현 대통령의 독서는 어떠했습니까.

"제17대 국회의원 당선자들을 청와대에 초청해서 파티를 했는데 제러미 리프킨의 『노동의 종말』을 한 권씩 선물했습니다. 당신의 독서력이 대단했지요. 모르는 사람인데 저술한 책을 보고 보좌역으로 채용하기도 했습니다. 환경 관련 도서들을 늘 읽었습니다.”

―노무현 대통령이 살아계셨더라면 어떤 일들이 벌어졌을까를 생각해보게 됩니다. ‘퇴임 후의 대통령 문화’에 새로운 시대가 열렸겠지요?

“63세에 돌아가셨는데, 저술도 많이 하셨을 것이고, 멋진 정치담론을 펼쳤겠지요. 어이, 유 선생! 나도 ‘알릴레오북스’에 한번 출연시켜 줘요, 이렇게 말씀했을 겁니다.”

―다시 정치에 나설 계획은 없나요?

“저는 체질적으로 정치에 안 맞는 거 같습니다. 재미있게 정치를 하는 분들도 많지만, 제 경우 정치는 나를 소모시키는 것 같았어요. 그러나 책 읽기, 책 쓰기는 나를 축적시키는 것 같습니다. 막스 베버는 ‘직업으로서의 정치’를 말했지요. 좋은 정치란 참으로 중요하지요. 저는 좋은 정치를 도와주는 책 읽기, 책 쓰기를 하고 싶습니다.”

―좋은 정치는 우리들 개인의 문제가 아닐 것입니다. 더불어 함께하는 정의로운 정치, 책 읽기가 좋은 정치를 만들 것입니다. 유시민 선생의 책 쓰기, 책 읽기 운동은 더불어 함께 구현하는 대한민국의 좋은 정치를 위한 한 조건일 것입니다.

“오늘 우리가 사는 대한민국은, 다른 모든 국민 국가가 그런 것처럼, 수많은 사람들이 바친 열정과 헌신, 눈물과 희생의 산물입니다. 저는 대한민국이 더 훌륭한 국가, 더 좋은 정치가 구현되기를 소망합니다. 친구들과 함께, 젊은이들과 함께, 토론하고 싶습니다. 좋은 정치, 훌륭한 국가 없이 우리의 삶이 아름답게 구현될 수 없습니다. 이웃들과 대화하고 토론하고 싶습니다."

스파도 하고
낮잠도 잘 수 있는
도서관

책 사모으고 책 기증하는
인류학자 한경구

"이제 책의 의미와 기능, 정보의 생산과 전달과
소비방식이 크게 바뀌었고 우리의 삶도 달라졌습니다.
멀리 낯선 곳으로 여행을 떠나는 것도 좋지만
토요일이나 일요일 도서관에 나와 브런치를 먹고,
하루종일 지적 사치를 즐기다가 귀가한다면!"

책 읽는 자유가 없는 교육

우리 젊은이들 가운데 한글을 읽지 못하는 '문맹'은 없다. 그러나 실질문맹은 놀랍게도 70%에 이른다는 한 조사가 나왔다. '금일'(今日)을 금요일로, '심심(甚深)한 조의를 표한다'는 말을 무료하다는 뜻으로 이해한다. '올림픽에서 9연패했다' 하면 이겼는데 왜 '연패'라고 하느냐고 의아해한다. 이른바 '문해력'의 심각한 낙후 현실에 처해 있는 것이 우리 사회다. 2018년 한 국제보고서에 의하면 경제협력개발기구(OECD) 국가의 디지털 문해력이 평균 47%였는데 한국은 26%였다.

서울대 자유전공학부 부장을 하다가 2020년부터 유네스코 한국위원회 사무총장을 맡고 있는 한경구 교수와 왜 책인가, 왜 독서인가를 다시 이야기했다. 그와 나의 만남의 주제는 늘 책과 독서다.

─우리 청소년들의 문해력 저하는 우리 학교의 교육과 밀접하게 연관되겠지요. 책 읽히지 않는 교육, 아니 책 못 읽게 하는 교육이 자행되고 있지 않나요?

"우리 학부모들은 책 많이 읽으면 대학입시에서 경쟁력을 잃을까 걱정합니다. 논술도 책을 읽고 생각하는 교육과정이 아니라 누군가가 책의 내용을 정리해놓은 것을 암기하고 있지요. 학생들이 책을 읽으면서 나름대로 생각하고 이해하게 하는 것이 아니라 그것을 못 하게 합니다. 책 읽을 자유가 없습니다.

다른 한편으로 즐거움과 호기심으로서의 독서가 무시됩니다. 책과 독서가 성적에 도움이 된다거나 훌륭한 사람이 된다는 등 독서의 유익한 효과와 기능만 강조되고 있지요. 지적 호기심이나 즐거움만으로 책 읽는 것을 너그럽게 인정해주어야 합니다.

대학에서 책 읽히는 교육이 무척 어렵습니다. 제가 가르쳤던 서울대 자유전공학부는 학교에서 예산을 편성해서 수업에 필요한 책을 구입해 도서실을 통해 대출해주는 배려를 하고 있지만 학생들이 힘들어 합니다. 대학교육에서 독서는 정말 필요하지요."

책 읽는 인간, 책 읽는 사회가 연구주제

2014년 6월 파주출판도시의 아시아출판문화센터에 '지혜의숲'이 만들어졌다. '책 읽는 한국사회'를 구현하자는 우리 모두의 의지 표현이었다. 출판도시문화재단 이사장으로서 내가 구현하고 싶었던 프로그램이었다. 1층 전 공간을 '열린 도서관'으로 꾸미는 것이었다. 서가를 꾸미고, 출판사들과 각계의 지식인·연구자들이 기증한 책 30만 권을 꽂았다. 24시간 문 열어놓는 장대한 공동서재다. 어른과 아이들이 책과 함께 자유롭게 뛰노는 놀이터다.

이 '지혜의숲'에 한경구 총장은 그의 서재에 있던 5,000여 권의 책을 기증했다. 그의 전공이 인류학이었지만, 그는 책 읽는 인간, 책 읽는 사회가 그의 연구주제이기도 하다. 학자로서의 그의 끊임없는 행로는 책이고 독서다.

그는 책을 사모으는 사람이다. 장서가다. '지혜의숲'에 기증한 책 말고도 여러 학교와 도서관에 그의 장서를 기증했다. 미국 유학 시절에 구입한 양서 3,000여 권을 그가 재직하던 강원대 도서관에 기증했다. 서울대 도서관에는 인류학·역사학 등 학술도서들을 기증했다. 부천시립도서관에도 수천 권의 책을 기증했다. 부천시 상동도서관에도 그가 기증한 책들이 꽂혀 있다.

출판도시 '지혜의숲'에서, 학생들과 자유로운 독서캠프

출판도시 입주기업협의회와 출판도시문화재단을 8년간 이끌면서 나는 '지혜의숲'을 만들고 지식과 책의 축제 '파주북소리'를 펼쳤다. 전시회와 음악회와 인문학당을 진행했다. 국제출판포럼과 파주에디터스쿨을 기획했다. '지혜의숲'에서 울려 퍼지는 책의 합창소리를 체험했다. 한경구 총장도 '지혜의숲'에서 늘 기억되는 독서캠프를 열었다.

"'지혜의숲', 정말 멋진 곳입니다. 그야말로 책의 숲이자 책의 정글이고, 책의 바다입니다. 2016년 1월 서울대 자유전공학부 학생들을 데리고 1박 2일의 흥미로운 독서캠프를 했습니다.

"도서관은 독서에 몰입할 수 있는 공간도 필요하지만,
서가를 걷다가 흥미로운 책을 발견하기도 하고,
낮잠도 좀 잘 수 있는 편안한 의자도 있어야 합니다.
수명이 길어지고 노인이 늘어나고 있으니,
도서관에 스파가 있으면 정말 좋겠습니다."

밤새 책을 읽고 이튿날 저자를 모시고 토론했습니다. 저자들도 기꺼이 달려와주었고, 학생들과 저자는 신나게 토론했습니다.

그날 김 이사장님께 참가 학생들이 '지혜의숲'을 밤새도록 누비고 다닐 수 있게 부탁드렸지요. 학생들은 몇 개의 조로 나뉘어 '지혜의숲'을 마치 심해 탐험하듯이, 아마존 밀림 탐험하듯이 돌아다니면서 '친구들에게 권하고 싶은 책'을 찾고 그 이유를 적으라는 과제를 주었습니다. 학생들은 밤새도록 책의 바다, 책의 숲을 누비는 엄청난 체험을 했습니다.

이튿날 아침 일찍 '지혜의숲'에 갔더니, 한 학생이 그 넓은 곳에서 책을 읽고 있었습니다. 저를 보더니 '정말 감사합니다'고 인사했습니다. '선생님 덕분에 제가 상상도 못 했던 엄청난 호강을 했습니다'라고요."

서울대·도쿄대·베이징대 학생들과 『백범일지』 읽기

―그 캠프에서 '캠퍼스 아시아 프로그램'이 진행되었지요.

"캠퍼스 아시아 프로그램은 서울대 자유전공학부 학생들과 도쿄대 교양학부, 베이징대 자유전공학부 학생들이 『백범일지』를 읽는 것이었지요. 『백범일지』는 동아시아출판인회의에서 선정한 '동아시아 인문도서 100권의 책'에 들어 있지요. 이미 중국어·일본어로 번역되어 있었습니다. 중국인과 일본인들이 현대 한국을 이해하기 위해서는 꼭 읽었으면 하는 책입니다. 그날 한·중·일 대학생들의 토론이 참 재미있고 의미 있었습니다. 한 유튜버가 '한국의 역사를 일본·중국은 어떻게 배울까'를 제작했는데요. 안중근·이토 히로부미·발해·광개토대왕·도요토미 히데요시·6·25 전쟁을 학교에서 어떻게 배웠는지를 물어보고 학생들의 답변을 비교하는 것이었는데, 벌써 조회 건수가 280만을 넘었습니다."

서울대 자유전공학부의 독서캠프가 한경구 총장이 기부한 1억 원의 발전기금으로 시작되었다는 사실이 지적되어야겠다.

"제가 장학금을 받으면서 공부했잖습니까. 저는 이런저런 책을 한껏 읽을 수 있었습니다. '독서교육'에 써달라고 지정해서 주었습니다."

명문 출판사의 아들로 태어나

한경구 총장은 1953년에 창립한 일조각 한만년 선생의 둘째 아들이다. 그의 전공과 삶의 행로는 일조각이라는 한 명문 출판사와 연계된다. 우리 출판문화사를 빛내는 출판인 한만년의 정신과 실천이 그의 가슴에 살아 있을 것이다.

"아버지는 이런 책 저런 책 읽으라 하시지 않았습니다. 그러나 당신은 늘 책을 들고 계셨습니다. 텔레비전 볼 때도, 화장실 갈 때도 책을 들고 있었습니다. 일조각 책은 어려운 책들이 많았기에 자연 제 수준보다 높은 책을 보게 되었습니다. 일조각에서 펴낸 책들이 한 권씩은 집에 있었기 때문에 이것저것 보다가 이기백 선생의 『민족과 역사』를 읽었습니다. 중학교 때 일조각에서 펴낸 잡지 『창작과 비평』을 읽게 되었고 고등학교 땐 역시 일조각에서 펴낸 잡지 『문학과 지성』을 읽게 되었습니다. 역사학회에서 엮은 『실학연구입문』도 읽었습니다.

고1 땐 역시 일조각에서 나온 미국의 행태주의 정치학의 거장 해럴드 라스웰의 『정치동태분석』(Politics: Who Gets What, When, How, 이극찬 옮김)을 읽었는데, 좀 어려웠지만 너무 재미있고 충격적이었습니다. 당초 공대로 가서 건축을 공부하려 했는데, 선생님께 말씀 드려 문과로 옮겼습니다.

김열규 교수의 『한국인의 신화』 『동북아시아 샤머니즘과 신화론』이 좀 어렵기는 했지만 재미있었습니다. 레비스트로스의 『신화학』을 만나게 됩니다. '탐구신서' 제1권으로 출간된 조지훈 선생의 『한국문화사서설』도 인류학에 대한 관심을 일깨워 주었습니다. 제임스 프레이저의 『황금가지』도 읽었습니다. 이런 책의 세계를 만나면서 인류학을 공부하게 되었지요."

책값은 아버지가 계산

서기 2000년 '뉴밀레니엄'이라 해서 전 세계가 야단이었다. 세계의 주요 매스미디어들은 지난 1천 년에 가장 중요한 역사적 사건이 무엇이냐는 질문을 했다. 구텐베르크의 인쇄술 발명과 『42행 성서』의 출간이 가장 의미 있는 역사적 사건이라고 했다. 민주주의의 확산, 지식과 정보를 만인이 공유하는 계기가 되었기 때문이라는 것이었다.

새 세기를 맞는 그 2000년에 한국출판인회의를 창립하고 회장을 맞고 있던 나는 나름 색다른 프로그램을 진행했다. 선배 출판인 열두 분에게 기념패를 만들어 드렸다. 일제강점기를 끝냈지만 전쟁을 치르면서도 40년 이상 책 만들기를 해온 일조각 한만년, 을유문화사 정진숙, 탐구당 홍석우, 현암사 조상원, 일지사 김성재 선생들이 그분들이었다. '뉴밀레니엄 기념패'를 받아든 선배 출판인들의 환한 미소가 나의 가슴에 살아 있다.

— 한만년 회장님 등 선배 출판인들이 우리 후배들을 초청해 식사 대접을 해주셨습니다. 탐구당 홍석우 선생은 '탐구신서' 한 질을 출판도시 한길사로 손수 갖고 오셨습니다. 조지훈 선생의 『한국문화사서설』뿐 아니라 홍이섭 선생의 『한국사의 방법』 등이 들어 있는 '탐구신서'를 제가 참 좋아했는데 그 전권을 선물주셔서 지금 제 방 입구에 꽂아놓고 있습니다. 저 50년대 60년대에 선배 출판인들이 활동하셨기에 오늘 우리도 출판을 할 수 있다고 생각합니다.

"아버지가 소개해준 범문사에서 영어책을 마음대로 갖고 올 수 있었습니다. 책값은 아버지가 책임지는 것이었지만 범문사에서 번역해낸 데이비드 리스먼의 『고독한 군중』을 통해 현대

산업사회의 인간소외를 공부하게 되었습니다.”

장학금 받았다니깐 야단쳤어요. 어려운 학생들 어떡하냐고

―SK 최종현 회장이 설립한 한국고등교육재단의 지원으로 하버드로 유학가게 되지요?

“아버지는 저의 인류학 전공을 탐탁하게 생각하지 않았습니다. 서울대에서 장학금까지 받았다니까 야단쳤어요. ‘너는 내가 학비 대주는데, 더 어려운 친구들은 어떻게 하냐’ 하셨습니다. 아버지는 젊은 시절 참 어렵게 사셨습니다.”

한경구 총장의 할아버지 월봉 한기악 선생은 상하이 임시정부에서 법무위원을 하다가 선배 독립지사들이 젊은이들은 국내로 들어가서 일해야 한다고 권해서 귀국해 『동아일보』 창간에 참여했고 『조선일보』 편집국장을 역임했다. 그러다가 집까지 날리고 왕십리에 있는 절에서 지내기도 했다. 그 아버님의 정신을 기리기 위해 아들 한만년은 1975년 월봉저작상을 제정해 2022년에 제47회를 시상했다. 한국사·한국문화사·한국정신사를 연구해낸 책과 그 저자에게 수여하는 전통 있는 상이 되었다.

―아버지가 출판사를 맡아 해보라는 말씀을 하지 않았습니까.

“대학원 다닐 때까지는 별말씀이 없었어요. 아버님 친구를 통해 제가 경영학을 전공해서 출판사를 맡아주었으면 한다는 이야기를 듣기는 했습니다. 어머님이 살림을 하셨는데 일조각은 안 팔리는 책들만 낸다고 가끔 불평을 하셨어요.

저는 5남매 가운데 둘째 아들인데, 형과 바로 아래 동생이 의과대학을 갔고, 그 아래 동생 한홍구는 자본주의 타도를 꿈꾸고 있었으니, 언젠가는 제가 출판사를 맡아야 할 수 있겠다는 생각을 했습니다. 학생 때 일조각이 바쁘면 교정 작업을 돕기도 했고 저작권 교섭하는 편지도 쓰곤 했지요. 그러다가 아버님 건강에 이상이 생겼어요. 제가 아버님께 역사를 전공한 아내가 출근하면 어떻겠느냐는 말씀을 드렸지요. 제가 대학을 갑자기 그만두기도 그렇고요. 아버님은 둘째 며느리가 살림하고 아이 키우는 걸 보시면서, 또 남편에게도 할 말은 하는 걸 좋게 보셨던 모양입니다.

아버님께서 우리 한씨 집안은 여자들이 지켜왔다는 말씀도 하셨습니다. 여자들에 대한 나름대로의 신뢰가 크셨어요. 하나인 딸도 교수를 하고 있어서 당장 맡을 수도 없었고요. 결국 둘째 며느리가 아들하고 어떻게든 출판사를 끌고 나갈 수 있을 것이라 생각하신 것이지요."

좋은 편집자와 기획자는 세계와 지적·도덕적 연대해야

지금 일조각은 둘째 며느리 김시연이 이어받아 잘 이끌고 있다. 둘째 아들 한경구는 일조각의 '고문'이라고나 할까. 한국 문화인류학회의 교재개발위원장으로『낯선 곳에서 나를 만나다』와『처음 만나는 문화인류학』을 기획하고 연구자들을 모아서 집필하게 했다. 고등학생과 대학생을 위한『함께 사는 세상 만들기』와 초등학생을 위한『우리는 지구촌 시민: 축구로 배우는 국제이해교육』, 중학생을 위한『맛있는 국제이해교육』등을 기획해서 일조각에서 펴내게 했다.

　─ 책이란 무엇입니까? 출판이란 무엇입니까?

　"첫째, 저자가 쓴 글이 뛰어난 편집자를 만나면 완성도와 가독성이 높아집니다. 뛰어난 저자가 명마(名馬)라면 훌륭한 편집자는 기수(騎手)입니다. 편집자가 말 위에 올라 앉는다는 의미가 아니라 말의 능력을 최대한 이끌어내는 역할을 한다는 것이지요. 둘째, 기획이라고 하겠지요. 어떤 책을 쓸 것인지, 쓰도록 만들 것인지, 쓸 사람을 찾아야 합니다. 오늘 우리에게 무엇이 필요한지, 어떠한 지식과 이론이 요구되는지를 판단하는 일이지요. 셋째, 종이책 시대에는 폰트, 디자인과 레이아웃, 종이의 선택과 인쇄, 물건으로서의 책을 아름답게 만드는 것이지만, 디지털 시대에 책의 존재 양태는 달라졌지만, 종이책은 여전히 중요하지요. 넷째, 지속가능성이라고 할까요. 계속 좋은 책을 출판해내려면 일정한 수익을 내야겠지요. 다섯째, 인류의 지적·도덕적 연대와 교류에 공헌하는 사명감 같은 것이겠지요."

공공도서관이 잘 되어 있는 부천시

— 책과 책 읽기는 인간과 인간사회의 발전에 필요·충분조
건이지요. 그러나 세상에 책을 존재하게 하는 기능, 출판사와
편집자의 역할에 대한 정당한 인식이 부재한 것이 한국사회의
현실이 아닌가요?

"책과 책 읽기가 중요하다면서도 그것을 구체적으로 해내는
출판사가 뭐하는지 잘 몰라요. 좋은 출판사가 존재해야 좋은
책이 기획되고 만들어지지요. 밥을 먹고 나서 농부에게만 고맙
다고 합니다. 물을 길어와 쌀을 씻어 밥을 하고 반찬을 만드는
사람을 무시하는 것과 같다고나 할까요. 좋은 출판사가 없으
면 저자의 원고를 그냥 날로 사용해야 합니다. 생쌀을 씹어야
하는 것과 같지요. 좋은 요리사와 좋은 레스토랑이 음식문화에
얼마나 중요합니까."

— 지금 '창의도시 부천'에서 펼쳐지고 있는 문화예술 프로
그램을 모두들 주목합니다. 만화의 도시, 영화의 도시로 발돋
움하고 있지요. 어떻게 참여하게 되었나요?

"여러 해 전 부천시의 열성적인 공무원들이 학교로 찾아와
서 유네스코 창의도시 네트워크에 '문학'으로 가입하고 싶다
고 했어요. 참 좋겠다 했다가 신청작업을 도와주었고 부천은

"좋은 출판사가 존재해야
좋은 책이 기획되고 만들어지지요.
밥을 먹고 나서 농부에게만 고맙다고 합니다.
물을 길어와 쌀을 씻어 밥을 하고 반찬을 만드는 사람을
무시하는 것과 같다고나 할까요. 좋은 요리사와
좋은 레스토랑이 음식문화에 얼마나 중요합니까."

창의도시로 선정되었습니다. 결국 이런저런 프로그램을 돕고 있습니다.

부천시는 무엇보다 공공도서관이 잘 되어 있습니다. 원혜영 전 시장이 정성을 들였지요. 시립도서관이 여러 곳에 있고 작은 도서관도 많이 개설되어 있어 시민들이 10분 정도 걸어서 도서관에 갈 수 있습니다. 장애인과 임산부가 대출을 신청하면 배달해주기도 합니다. 한 시의원은 도서관이 잘 되어 있어 부천에서 아이들을 키우고 싶어 이사 왔다고 했습니다.

경인공업지대의 한 중심인 부천은 산업화와 도시화 과정에서 인구가 급격히 증가한 지역이지요 지방자치가 시작되면서 역대 시장들이 부천시를 살고 싶은 도시로 만들기 위해 문화에 많은 노력을 쏟아부었습니다. 시립 오케스트라가 있고, 스토리텔링학교도 운영하고 있습니다.”

부천시의 동아시아 전문도서관 기획

2005년부터 한국·중국·일본·대만·홍콩·오키나와의 인문출판인들이 동아시아출판인회의를 만들어 동아시아의 독서공동체·출판공동체를 모색하고 있다. 각 나라를 순회하면서 1년에 두 번씩 책의 세계, 독서의 세계를 담론해오고 있다. 2009년 전주대회에서는 '동아시아인문도서 100권'을 선정해 발표했다. 한국 책이 26권 선정되었다. 동아시아출판인회의에 한경구 총장도 키멤버로 참여하고 있다. 나는 제2기 회장을 맡았는데 동아시아인문도서 100권을 선정하고 해제집을 각국 언어로 펴내는 일을 주도했다.

2008년 동아시아출판인회의가 부천시에서 열렸다. 부천시가 호스트했다. 부천에서 작업하는 만화가들이 동아시아 출판인들의 초상화를 그려주는 즐거운 프로그램도 진행되었다. 동아시아출판인회의에 참여하고 있는 오키나와 출판인들이 오키나와 동아시아 관련 책들을 부천시에 기증했다. 부천시는 이 책들을 기반으로 해서 동아시아 전문도서관을 준비해가고 있다.

부천시의 디아스포라문학상

─한 선생의 권유로 부천시가 제정한 디아스포라문학상은 참 의미 있는 프로그램입니다.

"부천은 토박이도 있지만 한국의 압축적인 경제성장으로 발생한 산업화와 도시화 과정으로 전국에서 사람들이 몰려와 사는 곳입니다. 일종의 '국내 디아스포라'라고 할 수 있습니다. 지금은 외국인 노동자도 많습니다. '외국인 노동자 디아스포라'라고도 할 수 있습니다. 국내외 노동자를 위한 인권운동이 치열하게 진행된 도시이기도 합니다.

부천시에는 노벨문학상 수상작가인 펄벅 여사가 설립한 '희망의 집'이라는 고아원이 있었습니다. 한국전쟁 이후 유엔군 장병들과 한국인 여성 사이에서 혼혈 아이들이 많이 태어난 지역입니다. 유한양행 창립자 유일한 선생이 땅을 내주어 펄벅 여사가 이들을 위한 시설을 세웠고 1,500여 명이 이곳을 거쳐갔다고 합니다. 국민가수 인순이와 윤수일도 이곳 '희망의 집' 출신입니다. 펄벅 여사도 미국에서 태어났지만 중국에서 성장했습니다. 미국에서 대학을 마치고 다시 중국으로 가려 했으나 가지 못하고 말았습니다. 펄벅 여사의 삶도 디아스포라적이지요.

이러한 사연을 갖고 있는 부천시가 디아스포라에 주목하면 어떨까 생각했습니다. 디아스포라 현상도 전 세계적으로 더 중요해지고 있습니다. 부천시도 저의 구상을 흔쾌히 받아들였습니다. 2021년 제1회는 중국계 미국작가 하진(哈金)이 『자유로운 삶』(A Free Life)으로 수상했고 2022년에는 『파친코』의 이민진 작가가 11월 23일에 수상했습니다. 수상자에게는 5,000만 원의 상금을 줍니다."

아이들과 어른들이 지적으로 노는 도서관

―내가 살고 있는 예술마을 헤이리에는 '예술영화관 103'이 있습니다. 몇 년 전 이웃들과 거장 프레더릭 와이즈먼이 연출한 3시간 50분의 장편 다큐영화 「뉴욕 라이브러리」를 보았습니다. 도서관이 어떻게 진화하고 있는지를 흥미롭게 보여줍니

다. 고대 로마의 목욕탕은 휴식과 담론의 공간이었습니다. 나는 우리 도서관이 고대 로마의 목욕탕같이 변모해야 한다고 생각합니다.

"저도 그 영화 두 번이나 보았어요. 도서관이 지난날에는 엄숙했지만, 이제 책의 의미와 기능, 정보의 생산과 전달과 소비 방식이 크게 바뀌었고 우리 삶도 달라졌습니다. 공공도서관·학교도서관도 변해야 합니다. 보존 가치가 높은 책들은 잘 관리해야 하지만, 보통의 책은 '좀 오래가는 소모품'으로 간주해야겠지요.

도서관은 학생들과 시민들이 책과 함께 지적이고 즐겁고 건강하게 노는 공간이 되어야 합니다. 독서에 몰입할 수 있는 공간도 필요하지만, 서가를 걷다가 흥미로운 책을 발견하기도 하고, 낮잠도 좀 잘 수 있는 편안한 의자도 있어야 합니다. 수명이 길어지고 노인이 늘어나고 있으니, 도서관에 스파가 있으면 정말 좋겠습니다. 퇴근 후 도서관에 가서 스파 하고 책도 읽고 또 밥도 먹고 차도 마실 수 있는 도서관! 음악도 듣고 영화도 보고.

멀리 낯선 곳으로 여행을 떠나는 것도 좋지만 토요일이나 일요일 도서관에 나와 브런치를 먹고, 하루종일 지적 사치를 즐기다가 귀가한다면!

도서관은 시민들이 각종 모임과 활동을 할 수 있는 공간이 되어야 합니다."

창작은
독서로 가능하다

소설가 조성기에게
반듯한 삶을 가르쳐준
한 권의 책

"1979년 10월 26일 박정희가 김재규에 의해
사살당한 석 달 후에 아버지도 고단했던
세상을 떠났습니다. 아버지의 삶을,
아버지의 그 험난한 시대를 쓰고 싶습니다."

그는 읽는 사람

1964년 부산에서 중학교를 졸업한 미래의 작가 조성기는 서울로 와서 고등학교에 진학했다. 집안 형편이 어려웠다. 고등학교 때부터 입주 아르바이트를 했다.

고교 1학년 때 조성기는 문학의 길로 가는 독서를 하게 된다. 아르바이트 하는 집의 다락방에 누렇게 빛바랜『현대문학』이 창간호부터 100여 권 꽂혀 있었다. 조성기는 그걸 전부 읽었다. 고독한 사춘기 시절의 엄청난 문학 체험이었다. 당시『현대문학』은 매월 10여 편의 중·단편을 실었다. 1년에 1,000여 편의 소설을 읽은 셈이었다. 물론 시와 평론도 읽었다.

"김동리·황순원·김정한·손창섭·이범선·박영준·안수길·강신재·이호철·최인훈·이봉구·이문희·이주홍·손소희·장용학·강용준·최상규 등등 이루 헤아릴 수 없는 우리 작가들의 작품을 읽었습니다. 인간과 세상을 눈뜨게 했습니다. 어느새 나는 펜을 들고 소설을 쓰고 있었습니다."

창작은 독서로부터 비롯될 것이다. 독서는 질문하고 성찰하게 만든다. 나는 무엇인가. 나는 누구인가. 나의 세계, 삶과 세계와 역사에 대한 끝없는 질문, 다시 그 질문에 대한 해답을 탐구하고 성찰하는 과정에서 문학작품과 문학가는 탄생할 것이다.

작가 조성기는 '읽는 사람'이다. 끝없는 읽기를 통해 그의 문학의 영역은 넓어지고 깊어질 것이다. 자기 빛깔을 띠게 될 것이다. 세계성과 보편성을 획득하는 것이었다.

"고등학교 시절 카뮈의 모든 작품을 섭렵했습니다.『이방인』『전락』『시지프스의 신화』등 다 읽었습니다. 김동리의 작품을 모두 읽었습니다.『무녀도』『역마』『달』『정원』『천사』『까치소리』를 읽고는「사춘기의 고독과 육정」이란 평론을 쓰기도 했습니다."

조성기는 언젠가 저간에 읽은 책들을 소개했다. 그의 문학의 빛과 그림자, 그의 작품 세계와 지향을 짐작하게 한다. 작가에게 책 읽기는 인간과 세상을 체험하는 것이다. 작품 쓰기의 역량일 것이다. 작가 조성기가 읽은 책들 살펴보기는 그의 문학을 해석하는 한 준거가 될 것이다.

방대한 영역의 책 읽기

"도스토옙스키의『카리마초프가의 형제들』과『지하생활자의 수기』. 마르케스의『백년동안의 고독』과 미시마 유키오의『금각사』를 읽었습니다. 10년 이상 소설을 쓰지 않고 있다가『금각사』를 보고 문학의 열정이 되살아났습니다. 괴테의『파우스트』는 대학 1학년 때 3일 밤낮 동안 두문불출하고 독파했는데 황홀경에 빠졌습니다.

르네 지라르의『낭만적 거짓과 소설적 진실』은 소설 분석을 통한 심리 현상과 사회·정치 현상을 통찰하게 해주는 위대한 평론서였습니다. 수십 번을 독파했습니다. 시오노 나나미의 『로마인 이야기』는 로마를 실제로 살아 보는 것 같은 느낌을 줍니다.

『조선왕조실록』은 세계 최고의 기록문학입니다. 나치에 의해 처형당한 본회퍼의 『옥중서신』은 참으로 감동적이지요. 홍명희의 『임꺽정』은 우리말의 보고입니다. 『김교신전집』은 나의 신앙의 모델이 된 김교신을 알게 했습니다. 마르셀 프루스트의 『잃어버린 시간을 찾아서』는 기억의 향기에 흠뻑 젖게 합니다. 제임스 조이스의 『율리시스』, 카프카의 『변신』과 『성』은 엄청난 문학의 세계입니다. 가와바타 야스나리의 『설국』은 한때 나를 탐미주의에 빠지게 했습니다. 은희경의 『새의 선물』은 하퍼 리의 『앵무새 죽이기』보다 뛰어난 성장소설의 백미입니다.

스티븐 호킹의 『시간의 역사』와 프리초프 카프라의 『현대 물리학과 동양사상』은 나를 과학에 눈뜨게 했습니다. 악의 평범성을 제기한 한나 아렌트의 『예루살렘의 아이히만』은 그의 다른 책들에 관심을 갖게 된 계기가 됐습니다. 캐런 암스트롱의 『신을 위한 변론』은 신학 책 중에서 가장 깊은 감동을 줬습니다.

피터 버거의 『사회학에의 초대』는 사회·정치 현상 분석의

"작가 조성기에게 '내 생애를 바꾼 한 권의 책'은 어떤 책일까.
생애를 바꾸었다기보다 생애를 견디게 해준 한 권의 책이 있다.
오스트리아 출신의 정신의학자 빅터 프랭클의
『죽음의 수용소에서』가 바로 그 책이다."

길잡이였습니다. 이태의 『남부군』은 빨치산 문학의 백미입니다. 베트남전을 다룬 바오닌의 『전쟁의 슬픔』은 최고의 전쟁 문학입니다. 헨리 조지의 『진보와 빈곤』은 토지경제 사상에 관한 결정판입니다."

내 생애를 바꾼 한 권의 책

작가 조성기에게 '내 생애를 바꾼 한 권의 책'은 어떤 책일까. 생애를 바꾸었다기보다 생애를 견디게 해준 한 권의 책이 있다. 오스트리아 출신의 정신의학자 빅터 프랭클의 『죽음의 수용소에서』가 바로 그 책이다.

"무엇보다 이 책은 저에게 인생을 비굴하게 살지 않도록, 인생을 품위 있게 살도록 도와주었습니다. 품위를 잃고 비굴해지려고 할 때마다 이 책의 구절들이 저를 책망하고 깨우쳐줍니다."

아우슈비츠 수용소의 가스실, 그 극한상황에서도 인간의 품위를 끝까지 지키는 사람들을 프랭클은 보았다. 모두가 개돼지처럼 될 수밖에 없는 상황에서도 자기에게 배급된 빵을 자기보다 더 배고픈 동료에게 나눠주는 사람들이 있었고, 가스실로 끌려갈 때도 승리의 노래를 부르며 걸어가는 사람들이 있었다. 프랭클은 그 수용소 체험을 통해 인간이 환경과 조건에 굴복당하는 존재가 아님을 깊이 확신하게 되었다.

"산다는 것은 고통을 당하는 것이고, 살아남는다는 것은 고통을 당하는 속에서 의미를 찾는 것입니다."

프랭클은 아우슈비츠 수용소에서 부모와 아내, 두 자식을 잃었다. 프랭클은 말로 다할 수 없는 고통과 슬픔 속에서도 '의미에의 의지'를 발동하여 '의미'를 찾고 인생을 견뎌냈다.

그의 가슴엔 문학과 종교가 공존한다

작가 조성기는 40대 중반, 유서를 써야 할 만큼 죽음의 문턱에 다가간 고통의 시간이 있었다.

"그 고통을 견뎌내기가 힘들어 죽음이 나를 자연스럽게, 포근하게 감싸주었으면 하고 바라기도 했습니다. 그럴 무렵 하루는 간신히 발을 옮겨 잠깐 집 밖으로 걸어나갔다가 다시 집으로 들어가려는데, 그때 마침 학교에서 돌아온 딸아이가 내 앞을 걸어가고 있었습니다. 나는 딸아이의 이름을 부르지 않고 조용히 따라갔습니다. 그 딸아이의 뒷모습이 내가 살아남아야 할 이유이자 의미였습니다."

1960년대와 1970년대, 1980년대의 험난한 정치·사회 상황이 작가 조성기에게는 가파른 역사로 존재하고 있다. 1961년 초등학교 6학년 때였다. 박정희 군부가 쿠데타로 권력을 잡았다. 초등학교 교사였던 아버지는 '용공분자'로 체포되어 갔다. 4월혁명 후 아버지는 교원노조 부산지부장을 맡아 새로운 교

육운동에 나섰다. 일본에서 중·고교를 다닌 아버지의 삶은 작가 조성기의 작품에 투영될 수밖에 없는 것이었다.

1971년 대학 3학년 때 『동아일보』 신춘문예에 소설 「만화경」으로 당선되었다. 고향 경남 고성의 들과 산에서 뛰노는 아이들의 실존을 담았다. '네가 어디에 있느냐'는 자신의 삶에 대한 원초적인 질문이었다. 심사를 맡은 황순원 선생이 그를 격려했다.

"자네는 먼 훗날 신과 인간의 문제를 진지하게 다룰 소설가가 될 것이야."

「만화경」은 작가 조성기의 문학적 행로에 원형 같은 한 작품이 되는 것이었다.

당초에 그는 법대를 가려 하지 않았다. 법의 길이 아니라 문학이 그의 길이라고 생각했다. 그러나 법대는 아버지의 강력한 희망이었다. 법대로 진학했지만 '사법고시' 같은 주제는 그에겐 당초부터 존재하지 않았다.

그의 가슴엔 문학과 종교가 공존하고 있었다. 젊은 시절엔 기독교 선교가 그의 내면을 치열하게 지배했다. 그 시절엔 문학도 그에게는 파괴해야 할 '우상' 같은 것이었다. '나는 지금 어디로 가고 있는가'라는 질문이 그의 가슴에서 치열하게 존재하는 주제였다.

14년 만에 다시 소설쓰기

1985년 다시 소설을 쓰기 시작했다. 「만화경」 이후 14년 만이었다. 『라하트 하헤렙』으로 제9회 '오늘의 작가상'을 받았다. 저간에 축적된 문학적 상상력이 폭포수처럼 작품으로 분출되었다. 1986년에 전 4권의 장편소설 『야훼의 밤』을 발표했다. 이 작품으로 제4회 '기독교문화상'을 받았다. 87년엔 『가시둥지』와 『슬픈 듯이 조금 빠르게』 두 장편을 냈다. 88년엔 장편 『베데스다』와 창작집 『왕과 개』를 출간했다.

1989년엔 장편 『바바의 나라』와 『천년 동안의 고독』을, 90년엔 창작집 『아니마 혹은 여자에 관한 기이한 고백』을 냈다. 91년엔 중편 『우리 시대의 소설가』로 '이상문학상'을 받았고 장편 『우리 시대의 사랑』을 냈다. 1992년엔 창작집 『통도사 가는 길』과 종교적인 장편들을 모아 전 7권의 『에덴의 불칼』을, 93년엔 전 5권의 장편 『욕망의 오감도』를 펴냈다. 94년엔 창작집 『안티고네의 밤』을, 95년엔 창작집 『우리는 완전히 만나지 않았다』를, 96년엔 전 2권의 장편 『너에게 닿고 싶다』를, 98년엔 창작집 『실직자 욥의 묵시록』을 펴냈다.

작가 조성기는 중국 고전을 읽고 해석해낼 수 있다.

"'자'(子)자 돌림의 고전을 다 읽었습니다. 품격 있는 담론을 보여주는 『맹자』를 참 좋아합니다. 제2인자의 철학 『안자』(晏子)가 좋습니다. 『열자』(列子)도 좋아합니다."

1990년 장편『굴원의 노래』와『잃어버린 시간을 찾아서: 맹자와의 대화』를 냈다. 91년엔 전 5권의『전국시대』를, 97년엔 전 3권의『홍루몽』을 펴냈다. 2001년엔『삼국지』를 전 10권으로 정역(正譯)해냈다. 2003년엔『반(反)금병매』를 써냈다.

'우리 시대 시리즈'는 작가 조성기의 문학을 해석하는 주요한 작품들이다. 그의 사회의식의 시선을 만난다.『우리 시대의 소설가』를 비롯해『우리 시대의 무당』『우리 시대의 법정』『우리 시대의 하숙생』『우리 시대의 검열』『우리 시대의 어린이』가 그것들이다.

『헌법의 아홉 기둥』을 써내고

작가 조성기에게 기독교 세계는 그의 또 하나의 큰 공부하기·글쓰기의 장르다. 1983년부터 86년까지 장로회 신학대학원에서 신학을 본격적으로 공부했다. 히브리어와 헬라어를 공부했다. 로마서를 해설한『누가 나를 건져내랴』, 마가복음을 해설한『권력을 넘어서』, 사도행전을 해설한『성전을 넘어서』를 썼다.『십일조를 넘어서』는 오늘날 한국 기독교의 현실을 비판하는 그의 문제의식이다.

2016년에 써낸『헌법의 아홉 기둥』은 법대를 졸업한 그의 작업이다. 우리의 정치현실에 대한 그의 비판적 지성의 발로였다.

"내가 김재규의 생애와 내면을 통관(洞觀)해보고 내린
결론은 시대의 흐름 자체가 박정희의 죽음을
필연적으로 불러왔다는 것입니다.
다시 말해 김재규 개인이 박정희를 죽인 것이 아니라
시대의 흐름이 박정희를 죽인 셈입니다."

"법의 정신과 인권이 짓밟히고 있는 우리의 현실을 말하고 싶었습니다. 법대에서 공부한 한 작가로서의 최소한의 의무라고 생각하고 썼습니다."

작가 조성기는 2018년 '자랑스러운 서울대 법대인상'을 받았다.

"판검사 하는 동창들에게 주는 상이라 한사코 사양했습니다. 그런 상을 받고 싶지도 않았습니다. 최인훈 선생이 법대를 졸업하지는 않았지만 명예졸업장을 받았고, 가야금의 명인 황병기 선생도 받았다고 권유해 결국 받았습니다."

2007년엔 『카를 융: 기억·꿈·사상』을 독일어 원서로 번역했다. 작가 조성기가 좋아하는 한 권의 책이다. 그는 대학원에서 융의 심리학을 공부했다.

2000년부터 숭실대 문창과 교수로 재직하다가 2016년에 퇴임했다. 2020년에 장편 『사도의 7일: 생각할수록 애련한』을 써냈다. 인간의 역사에서 참으로 보기 드문, 아버지 영조와 아들 사도세자의 갈등을 새롭게 다뤘다. 조성기가 다룸 직한 주제일 것이다.

'사형수 김재규'를 소설로

2023년 그는 또 다른 장편소설 『1980년 5월 24일』을 써냈다. 작가 조성기의 진면을 발휘할 작품이 아닐까.

"김재규의 죄와 벌을 쓰고 싶었습니다. 김재규는 자신을 향해 쏘았지요. 그의 참회록 같은 소설입니다. 생의 마지막에 그는 불교에 귀의했지요. 득도했습니다. 스스로 죽게 해달라고 했지만 용납되지 않았습니다. 그의 파란만장한 인생은 곧 우리의 현대사이지요. 한 문학가로서 인간 김재규를 변론하고 싶었습니다."

1980년 5월 24일은 김재규의 사형집행일이다. 그날 새벽 남한산성의 육군교도소에서 집행장인 서대문 구치소로 이감되어 아침 7시에 집행되기까지, 김재규의 생애와 박정희의 권력사의 실존을 다룬다. 조성기적인 소설이다. 사형수 김재규를 본격적으로 다룬 최초의 소설로 평가될 것이다.

"내가 김재규의 생애와 내면을 통관(洞觀)해보고 내린 결론은 시대의 흐름 자체가 박정희의 죽음을 필연적으로 불러왔다는 것입니다. 다시 말해 김재규 개인이 박정희를 죽인 것이 아니라 시대의 흐름이 박정희를 죽인 셈입니다. 그 시대 수없이 많은 사람들의 의지와 염원이 김재규라는 인물 속에 투입되었고, 그는 그들의 의지와 염원을 대리하여 표출하고 실현한 셈입니다."

아버지의 험난한 삶을 쓰고 싶다

세상을 살아오면서 작가 조성기는 아버지의 삶이 더 간절하게 가슴에 다가온다. 박정희 권위주의 권력의 시대를 고단하게 산 아버지의 삶을, 아버지의 그 시대를 소설로 쓰려고 한다. 생의 진로를 두고 아버지와 갈등도 했지만, 이제 그 갈등을 승화된 작품으로 만들고 싶을 것이다.

"아버지는 그때그때 일기를 남겼습니다. 제사 지낼 땐 아버지의 일기를 읽습니다. 1979년 10월 26일 박정희가 김재규에 의해 사살당한 석 달 후에 아버지도 고단했던 세상을 떠났습니다. 아버지의 삶을, 아버지의 그 힘난한 시대를 쓰고 싶습니다. 아버지의 시대는 이 시대 모든 아버지들의 이야기입니다. 아버지의 삶은 우리 시대가 물려받은 역사이자 유산입니다."

민찬 한국사!
얼마나 경이롭습니까

독서가이자 번역가인
박종일의 특별한 삶

"제가 헤이리에 들어온 또 하나의 희망은
그동안 제가 모아놓은 책들을 죽을 때까지
실컷 읽어보자는 것이었습니다."

'책으로 지은 집, 책을 위한 집'

독서가이자 번역가인 박종일은 1950년생이다. 파주 통일동산의 예술인마을 헤이리에서 나와 같이 살고 있다. 생의 후반에 가장 자주 만나서, 책과 독서를 이야기하고 문화와 예술을 함께 누리는 이웃이다.

그는 2002년 삼보컴퓨터의 전무이사로 퇴임하고 곧바로 중국으로 가서 2년 정도 중국어를 공부했다. 2005년 헤이리에 '책으로 지은 집, 책을 위한 집'을 건축해 입주했다. 저간에 그가 읽고 모은 책들과 함께 지내는 거처다.

이 집에서 그는 2008년부터 번역작업을 본격적으로 하고 있다. 2023년까지 40여 권을 번역해냈다. 10여 권은 중국 책을 번역한 것이고 30권은 영어책을 번역한 것이다. 이들 책들은 출판사가 의뢰해서 번역한 것들이 아니다. 자신이 읽고 싶고, 젊은이들이 읽었으면 해서 스스로 선택한 책들이다. 스스로 좋아해서 번역해놓은 책들이 여럿이다.

그는 여성 건축가 서혜림 씨에게 '책을 위한 집' '독서를 위한 집'을 설계해달라고 부탁했다. 현관과 2층으로 오르는 계단과 벽이 전부 서가로 구성되어 있다. 독서를 '사랑'하고 책을 '예우'하는 한 독서가의 열정에 건축가는 섬세한 설계로 화답했다. 그의 '책으로 지은 집, 책을 위한 집'에는 2만여 권의 책이 서가에 꽂혀 있다.

박종일은 한길사의 책을 1,000여 권 갖고 있다. 정말 한길사의 애독자라고 할 수 있다. 한길사의 책들에 대한 그의 평가와 구독이 없었다면, 오늘의 한길사는 존재하지 않았을지도 모른다. '독자 박종일'과 같은 출판문화의 동반자가 있기에, 한길사는 계속 책을 기획할 수 있을 것이다. 어디 한길사뿐이겠는가. 독자 박종일은 오늘 우리 시대의 출판문화를 창출해내는 기반이자 동력일 것이다.

내가 그와 한 마을에 살게 되고, 세상의 문제에 대해서 담론하고 뜻을 같이하는 '동반자'가 되는 것도 사실은 '책'으로 비롯되는 것이다. 우리가 동세대로서 동시대의 정신과 문제의식을 공유하고, 세상의 일에 대해 연대하는 삶이란 어쩌면 한길사의 책을 포함하여 우리 시대의 지적·사상적 성과로서의 '책'에 기반하고 있기 때문일 것이다.

읽고 싶은 책 살 수 있음은 축복이다

김언호 박 선생 같은 독자가 있어서 책 만드는 사람들은 용기를 낼 수 있습니다. 한길사는 올해(2023)로 책 만들기 47주년이 되는데, 우리는 길 가다가도 참 많은 한길사 독자를 만납니다. 그러나 박 선생 같은 독자는 드문 경우일 것 같습니다. 삶을 살면서 우리는 책으로 이루어지는 많은 인연들을 만나게 됩니다. 때로는 국가·사회문제, 민족문화·세계문화에 대한 혁명적인 인식도 책과 함께 진행되는 것을 관찰하게 됩니다만, 미술전시를 비롯해 여러 예술 프로그램들이 주말의 헤이리에서, 책이 한량없이 꽂혀 있는 북하우스의 책방과 북카페에서 박 선생과 이렇게 커피를 마시면서 책 이야기, 우리가 살아온 시대이야기를 나누게 되어 행복합니다. 우리의 만남과 대화가 자못 경이롭게 느껴지기도 합니다.

박종일 1970년대 후반부터 한길사가 펴내는 책들을 저는 '묻지 마 구입'을 했다고 할 수 있습니다. 한길사가 펴내는 책들은 이 민족과 이 시대가 당면하는 문제들을 담론하고 있었기 때문입니다. 1970년대 중·후반에 저는 대학을 졸업하고 취업하고 있었습니다. 학창시절에는 책 살 돈이 없어서 그렇게 안타까웠지만, 종합상사에 취직해 있었기 때문에 한길사가 내놓는 문제작들을 구입할 수 있는 여력이 다소 있었습니다. 읽고 싶은 책을 살 수 있었던 것은 정말 큰 축복이었습니다.

『해방전후사의 인식』을 읽으면서

김언호 궁핍한 시대에 우리 출판사가 펴낸 책들에 대해 저는 더 진한 애정 같은 걸 느끼게 됩니다. 가난한 시대, 권위주의 정치권력이 폭력을 휘두르던 시대에 우리가 만든 책들은 우리 모두의 희망이었습니다. 한길사가 초기에 펴낸 송건호 선생의 『한국민족주의의 탐구』, 리영희 선생의 『우상과 이성』, 고은 선

"저뿐 아니라 한 시대를 고뇌하면서,
이 민족의 굴곡진 현대사를 진지하게 탐구하는 젊은이라면,
이 민족의 역사를 진지하게 다루는 책들에
관심을 가지지 않을 수 없었을 것입니다."

생의『역사와 더불어 비애와 더불어』, 박현채 선생의『민족경제론』, 안병무 선생의『시대와 증언』, 그리고 여러분들이 함께 쓴『해방전후사의 인식』등은 우리가 만든 책들이었지만, 독자들의 그 반응으로 동시대인들의 생각 또는 희망이 무엇이라는 것을 우리는 몸으로 느낄 수 있었습니다. 특히 1979년 권력자 박정희가 그 부하 김재규에 의해 시해되는 10·26 정변 열하루 전에 출간되는『해방전후사의 인식』은 1970년대에 이어지는 1980년대 전 기간에 걸쳐 이 땅의 젊은 세대에 의해 엄청난 역사인식운동·독서운동으로 전개됩니다.

박종일 리영희 선생의『우상과 이성』을 접하면서 저는 이런 용기 있는 지식인이 우리 사회에 존재하고 있음에 놀랐습니다. 저 자신이 용기를 얻는 것 같았습니다.『해방전후사의 인식』을 읽으면서는 막연하게 그렇지 않았을까 하는 해방 전후의 우리 역사에 대한 균형잡힌 인식을 가능하게 해주었습니다. 우리 현대사에 대한 어떤 의구심 같은 걸 갖고 있었는데, 그 전체적인 풍경을 균형 있게 살펴볼 수 있는 것 같았습니다. 당시는 모든 것이 너무 오른쪽으로 편향되어 있지 않았습니까. 우리 현대사의 또 다른 면을 인식하고 확인할 수 있구나 하는 것이 저의 독후감이었습니다.

김언호 초기에 우리가 펴낸 책들이 독자들의 열렬한 호응을 받았던 것은 이들 책들이 새로운 정보와 역사인식을 담고 있기도 하지만, 당시 독자들이 그런 이론과 정신을 절실하게 요구하고 있었다는 것을 의미합니다. 그런 점에서 한 시대의 출판문화란 저자들과 독자들이 함께 창출해낸다는 생각을 하게 됩니다. 물론 책을 구체적으로 만들어내는 출판인의 문제의식, 출판의식이 전제됩니다.

전 27권 '민찬 한국사'에 감동

박종일　한길사는『해방전후사의 인식』『우상과 이성』『민족경제론』등 '오늘의 사상신서'뿐 아니라 단행본으로 나온『드레퓌스』, 무크지『한국사회연구』와『제3세계연구』등을 통해 시대정신을 앞장서서 제시하고 있다는 생각을 저는 했습니다. 신경림 시인의『민요기행』(전 2권), 파울로 프레이리 등의 글을 편집한『민중교육론』, 송두율 교수의『전환기의 세계와 민족지성』, 김낙중 선생의『사회과학원론』, 한길역사강좌 내용을 엮은『한길역사강좌』(전 11권), 정태영 씨의『조봉암과 진보당』『해방전후사의 인식』첫 권 말고도 그 이후의 6권까지 전부, 리영희 선생의 모든 책을 읽었습니다.『함석헌전집』(전 20권), 박태순 선생의『국토와 민중』, 에릭 홉스봄 선생의『혁명의 시대』와『자본의 시대』, 토크빌의『미국의 민주주의』, 안병무 선생의『시대와 증언』외에도『역사 앞에 민중과 더불어』, 라이트 밀즈의『파워 엘리트』, 마틴 카노이의『교육과 문화적 식민주의』,

강동진 선생의『일제의 한국침략정책사』, 앤서니 기든스의『자본주의와 현대사회이론』, 게오르크 지멜의『돈의 철학』, 김윤식 교수의『한국근대문학사상사』, 서남동 선생의『민중신학의 탐구』, 마르크 블로크의『봉건사회』, 이효재 선생의『분단시대의 사회학』 등등 참으로 많은 한길사의 문제작들이 저의 작은 방을 가득 채웠습니다.

젊은 시절 제가 읽은 한길사 초기에 출간된 이 책들은 특히 아끼고 있습니다. 그러면서 저는 한길사가 성장해야 되겠다, 이 출판사가 계속 더 좋은 책을 기획해낼 수 있도록 내 개인으로라도 간행되는 책들을 계속 사주어야 되겠다는 생각을 했습니다.

그러다가 한길사에 대한 신뢰랄까 충성심을 결정적으로 갖게 되는 계기는『한국사』(전 27권)를 1990년대 중반에 한꺼번에 간행하는 것을 보면서부터였습니다. 한길사는 그때 '민찬 한국사'라는 표현을 했습니다. '민찬'이라는 말에 저는 정말 감동했습니다. 저뿐 아니라 한 시대를 고뇌하면서, 이 민족의 굴곡진 현대사를 진지하게 탐구하는 젊은이라면, 이 민족의 역사를 진지하게 다루는 책들에 관심을 가지지 않을 수 없었을 것입니다. 민찬 한국사! 얼마나 아름답고 경이로운 수사입니까. 시대에 던지는 강력한 메시지였습니다. 당시로서는 거금인 70만 원을 주고 바로 구입했습니다. 이런 책을 구입해주는 것이 독자의 도리라는 생각을 했습니다.

김언호   그때까지 국사편찬위원회가 기획한『한국사』와 진단학회가 펴낸『한국사』가 있었지만, 현대사를 다루지 않는 것에 대해 저는 '독서 갈증' 같은 걸 억누르고 있었습니다. 그래 현대사를 강조하는 기획을 우리가 스스로 해보자 했습니다. 주변의 진보적인 연구자들과 의논해서『한국사』를 진행한 것입니다. 나는 책의 출간을 준비하는 과정에서 '민찬'이란 말을 생각해냈습니다. 저 조선시대엔『이조실록』『승정원일기』같은 '관찬'이 있었지요. '민찬'은 우리 모두의 이심전심이었을 것입니다.

『한국사』는 1986년에 기획을 시작해서 1994년에 전 27권을 한꺼번에 간행해냈습니다. 170여 명의 필자가 참여하면서 8년이란 오랜 기간이 소요되었는데, 1980, 90년대라는 한국현대사에서 중요한 민족문화운동사적 의미를 갖는 시기에『한국사』는 기획 및 집필작업이 진행되었습니다. '민찬 한국사'는 우리 단독으로가 아니라 1980, 90년대의 한국사회를 함께 살면서 치열하게 민주화운동·민족운동을 펼친 동시대인들의 공동작업이라는 생각을 하게 됩니다.

'한길그레이트북스'로 한길사에 대한 신뢰 더욱 확고해져

박종일   나의 한길사에 대한 또 하나의 신뢰는 '한길그레이트북스'로 확고해집니다. 이런 장대한 기획을 해내는 김 사장

의 문제의식과 열정에 다시 놀랐습니다. '한길그레이트북스'
와 같은 대형 시리즈는 우리 국가사회의 문화적 인프라입니다.
이런 지난한 대형기획을 해내는 것에 대해 한 독자로서 존경을
표합니다.

김언호 '한길그레이트북스'는 1996 화이트헤드의 『관념
의 모험』으로 시작해 2023년 3월에 간행되는 토머스 칼라일의
『영웅숭배론』으로 제183권에 이르고 있습니다. '한길그레이
트북스'는 저와 한길사의 인문학 출판의 상징적인 기획입니다.

박종일 1980년대에 역동적으로 펴내던 '오늘의 사상신서'
에 이어 1990년대부터 집중적으로 기획하는 '한길그레이트북
스'를 비롯한 한길사의 인문학 출판은 보다 보편적이면서 수준
높은 출판문화의 모습을 보여주는 것 같습니다. 우리 사회에서
보기 드문 출판문화운동을 한길사가 해내고 있는 것 같습니다.
격려를 보냅니다. 결코 쉽지 않은 출판환경 속에서 격조 있는
인문학 출판을 고수하는 한길사를 존경하고 사랑합니다.

역사와 시대의 현실을 인식하는 독서편력

'독자 박종일'은 보통의 대학생들과는 분명 다른 문제의식
을 가지고 있었다. 시대현실에 대해 진지하게 탐구하고 고민했
다. 그의 독서편력은 우리 민족사회가 당면하는 문제들에 초점
이 맞추어져 있었다.

그는 1969년에 고려대학교 정치외교학과에 입학해서 1975년에 졸업했다. 그의 문제의식은 여느 대학생들보다는 별난 독서편력에서 나타난다. 우리 현대사에 미국은 무엇인가. 미국 외교학회의 기관지 『포린 어페어』(*Foreign Affairs*)를 도서관에서 찾아 읽었다. 이 잡지에 실린 논문들을 읽다보니, 미국의 세계전략이란 것이 우리가 통상의 교과서에서 배운 바처럼 '정의의 사도'가 아니라는 사실도 알게 되었다. 이 잡지를 통해 브레진스키나 홀부르크 같은 미국의 지식인들을 알게 되었고, 또 이들 학자들의 다른 관점도 알게 되었다. 시험문제로 출제되는 것은 아니지만 『미국역사학회지』 『미국사회학회지』 같은 것도 읽곤 했다.

박종일 박사과정 정도의 학생들이 읽는 논문집들인데, 지적 호기심이랄까 지적 겉멋이었겠지요. 좀 건방진 독서였지요.

청계천 헌책방에서

'독자 박종일'의 또 하나의 행로는 청계천 헌책방들이었다. 아르바이트도 했다. 휴학하다 복학하다 하면서 학교를 다니던 그에게 '새 책'을 사는 것은 당초부터 어려운 일이었다. 헌책방도 책을 사기 위해서가 아니라 '책을 구경하기' 위해서였다.

청계천 헌책방에서 단재 신채호 선생과 백암 박은식 선생의

정신을 만났다. 단재 선생과 백암 선생의 독립운동과 역사사상을 조금씩 알기 시작하는 것이었다. 진단학회의『한국사』와 국사편찬위원회의『한국사』도 만져보고 몇 페이지씩 읽어볼 수 있었다. 일어판『남만주철도경영사』도 구경했다. 진보적 관점에서 일제 식민지정책을 비판하는 것이었다.

함석헌·천관우 선생의 글도 헌책방에서 읽게 되었다.『사상계』도 읽었다. 그때 부완혁 씨가 장준하 선생의『사상계』를 인수해 발행하고 있었는데, 당초에는 장준하 선생의『사상계』편집 방침을 잇는 듯했는데, 금방 달라지는 것 같았다.

함석헌 선생의『씨올의 소리』에 실리는 글들을 읽었다. 친구들에게『씨올의 소리』를 읽어보라고 권유했지만 진지한 관심을 별로 가지지 않았다. 김지하 시인의『오적』도 읽었다.

박종일 저의 대학시절 독서는 난독·남독이라고 할 수 있습니다. 이것저것 막 탐험했다고 할까요. 강만길 교수의 강의를 듣기도 했습니다. 조선후기 경제사 강의였는데, 심한 외세의 간섭이 없었더라면, 우리나라도 자생적인 근대화가 가능했을 것이라는 강의 내용이 가슴에 다가왔습니다. 정치외교학과 학생이면서 국문학과 대학원생들의 향가세미나에 들어가 듣기도 했습니다. 숙대에 재직하던 이능우 교수의 시간이었습니다.

김언호 저는 1968년에『동아일보』에 들어가서 수습기자 시절을 지나서 1970년대 중반까지 편집부와 사회부에서 일하고『신동아』로 옮겨갔습니다. 권위주의 정치권력에 나라 전체가 짓눌려 헉헉거리는 현실을 몸으로 체험했습니다. 그러나 그런 속에서도 민족독립운동·민족사학·민족사관에 나름 관심을 가졌습니다. 폭력적인 정치상황이었기 때문에, 그것을 극복하는 그 어떤 단초라도 찾자는 심경이었습니다. 우리 국가·국민이 1970년대라는 폭력적인 시대상황을 경험했기 때문에, 1980년대의 위대한 민주화운동의 대오가 형성될 수 있었을 것입니다.

박종일 졸업 논문으로 니체를 써보았습니다. 권력의지를 가진 철인(哲人)이 통치를 해야 한다는 요지의 논문이었습니다. 통치자 박정희에게는 철학과 비전이 없다고 제 나름대로 인식했기 때문에 그런 논문을 썼을 것입니다.

김언호 1970년대 초반에 저는 특히 민족독립운동에 대해 관심을 갖고 그런 책들을 찾아 나서곤 했습니다. 당시 신문기자 월급으로 이런 종류의 책들을 사기가 쉽지 않았지만, 인사동으로 어디로 뛰어다니면서 사모으곤 했습니다. 외솔회에서 간행하던 계간지『나라사랑』에서 꾸미던 민족주의자들의 특집을 주목해서 읽기도 했습니다. 그런 책들 사모으는 것이 정말 재미있었습니다. 유신독재가 기승을 부리던 시절에 민족주의·민족사상·민족사관을 학습하고 탐험하던 일이 지금 저에겐 즐거운 추억으로 남아 있습니다.

박종일　한스 모겐소의 『정치행태론』(*Political Behaviorism*)을 원서로 읽었습니다. 당시엔 아직 번역되어 있지 않았습니다. 정치권력을 이렇게 분석하고 있구나 했습니다. '개발독재'가 초기에는 높게 평가되기도 하지만, 결국 그 자신의 업적과 그 성과 때문에, 그 개발과정에서 형성된 중산층 기술엘리트들에 의해 그 권력이 무너질 수 있다는 분석을 내놓았습니다. 모겐소는 몇몇 사례를 들어 이를 설명했습니다. 우리나라도 그렇게 될 수 있지 않을까 하는 예측을 해보기도 했습니다. 박정희 정권이 무너지는 현상은 바로 그런 것이 아니었나 생각해봅니다.

최루탄 가스 자욱한 캠퍼스에서 릴케의 시를 읽다

김언호　박정희 군사정권은 1960년대부터 대학의 문을 수시로 닫았습니다. 계엄령과 휴교령, 위수령, 긴급조치를 선포했습니다. 거리와 대학은 최루탄 가스로 진동했습니다. 저는 이른바 사건기자도 좀 해봤지만 본질적인 문제의 취재 자체를 불가능하게 했습니다. 별것 아닌 사건도 보도 못 하게 했습니다. 문제성 있는 사건은 1단짜리로도 보도 못 하게 금압시켰습니다. 이런 상황을 견디다 못해 『동아일보』『동아방송』의 기자·PD·아나운서들은 1974년 10월 24일 '자유언론실천'을 선언합니다. 권력이 광고를 막자 시민들이 '백지광고' 운동을 펼칩니다. 그러나 1975년 3월 17일 회사는 자유언론실천을 요구하며 농성하는 우리들을 폭력으로 밀어내고 120여 명의 신문·방송인들을 해고합니다.

1960년대와 70년대에 이 땅의 젊은이들은 폭압적인 정치권력이 쏟아내는 참으로 기괴한 조처로 어처구니없는 학창시절을 보내야 했습니다. 그런 속에서 저는 함석헌 선생님의 말씀을 듣고 글을 읽으려 했습니다. 함석헌 선생님이 있어서 우리는 희망 같은 걸 가질 수 있었습니다.

박종일 우리가 대학을 다니던 1970년대의 유신시대에 대학 캠퍼스는 절망적인 분위기에 휩싸여 있었습니다. 민주주의 구호를 소리 높여 외치고, 돌멩이를 아무리 던져보았자 얻어지는 것이 없었습니다. 권력은 끄떡도 하지 않았습니다. 모두들 지쳐 있었습니다. 저는 그때 교정의 벤치에 앉아 릴케의 시를 읽었습니다. 운율이 좋고 감성이 탁월했습니다. 릴케의 시집을 다 사모았습니다. 시집은 싸니까요. 릴케의 시를 줄줄 외우곤 했습니다. 「가을날」이란 시가 있습니다.

"주여, 때가 되었습니다.
이틀만 남국의 햇빛을 주소서.
지난여름은 참으로 위대했습니다.
당신의 그림자를 해시계 위에 드리우게 하시고……"

릴케로 위로를 받았다고나 할까요. 프랑스의 로제 마르탱 뒤 가르의 소설 『티보가의 사람들』을 읽었습니다. 둘째 아들이 애인과 어깨동무하고 반전운동 합니다. 우리 시대와 우리들의 심사를 이야기하는 것 같았습니다.

느닷없이 정보부에 잡혀갔다

그는 술을 마셔야 했다. 암담한 시대상황이 술을 마시게 만들었다. 술이 정말 맛있었다. 시대상황이 뭔가 좀 바뀌어졌으면 좋겠는데, 그 현실은 여전히 암담했다. 큰 소리로라도 말하고 싶었을 것이다. 술 마시고 큰 소리라도 질러야 했을 것이다. 어디 박종일뿐이었을까.

졸업을 앞둔 1974년 12월에 그는 중앙정보부로 잡혀갔다. 졸업시험도 다 끝낸 뒤였다. 권력은 그를 '재일교포모국유학생 간첩단사건'으로 몰아넣었다. 재일교포 유학생과 서너 차례 술을 마셨는데, 그것 때문이었다. 그 교포 유학생은 네댓 살 위였다. 그와는 오리엔테이션도 달랐다. 생각도 다른 것 같았고, 그러다보니 특별히 기억에 남는 것도 없었다. 대학생 박종일은 혼자서 책과 씨름했지만 무슨 조직을 하거나 데모할 때 주동 한 번 해본 적 없었다.

술 같이 마신 그 재일교포 유학생은 일본에 있을 때 북에 다녀왔다고 했다. 건국대를 다녔고 연세대 경영대학원에서 석사

과정을 밟고 있었다.

　아버지 박기정(朴基玎) 선생이 그를 소개했다. 아버지는 4월 혁명 직후 고향인 경남 창녕에서 민의원에 당선되었다. 그러나 의원 생활은 1년 정도로 끝났다. 5·16 군사쿠데타 때문이었다. 아버지는 그후 '재야'가 되었고, 민주회복국민회의 회원으로 민주화운동에 나서기도 했다. 그 교포 학생을 아버지가 먼저 만났고, 아들에게 한 번 만나보라 했다. 그 교포 학생의 선대의 고향이 창녕이었다. 그런 연유로 만나보라 하셨던 것 같았다.

　1975년에 집행유예로 풀려났지만 법정에 나올 때까지 그는 변호사 얼굴 한 번 본 적이 없었다. "전부터 아는 사이였느냐" 고 물었을 때 "몰랐다"고 대답했는데 검찰의 공소장에는 "전부터 알고 있었다"고 기록되었다는 것을 나중에야 알았다. 교도소 안에서는 전혀 몰랐지만 나와 보니 신문들은 '학원 간첩단 사건'이라고 대서 특필하고 있었다. 그를 '고려대 세포조직책' 이라고 보도했다. 신문들은 정부가 발표하는 자료를 그대로 신고 있을 뿐이었다.

　중앙정보부와 검찰은 그에게 처음엔 '불고지죄'를 가져다 붙였다. 그러나 나중엔 '금품수수죄'를 붙였다. 국회의원을 지낸 김상현 씨가 쓴 재일교포 문제에 관한 책을 그 교포 학생으로부터 한 권 받은 적이 있는데, 그것이 금품수수라는 것이었다. 김상현 씨는 한때 재일교포문제연구소 이사장을 맡았다.

그때 그가 쓴 책이었다.

제 사건은 너무나 시시해 이야기하지 않습니다

박종일　이 사건은 저의 지적 삶에는 정말 중요한 사건이지만, 이야기를 잘 하지 않습니다. 그 시대에 수많은 사람들이 겪은 엄청난 수난에 비하면 저의 체험은 너무나 시시한 사건이기 때문입니다.

김언호　박 선생뿐 아니라 수많은 사람들이 정말 아무것도 아닌 것으로 감옥에 가고 고문을 당합니다. 민족과 국토가 분단됨으로써 선량한 국민에게 허황된 이데올로기가 뒤집어씌워졌습니다. 이 분단시대에 민족 성원들은 으레 감옥을 들락거려야 했습니다. 반공 이데올로기로 무장한 국가권력은 아주 일상적인 삶에서 흔히 있음 직한 현상들을 이데올로기로 색칠합니다. 그런 정치권력이 이 분단시대를 폭력으로 통치했습니다.

1972년 7월 4일에 발표된 이른바 7·4남북공동성명, 그리고 이어 진행된 적십자회담 직후, 고향을 개성에 둔 한 이산가족이 부모님 뵈러 간다면서 판문점으로 달려가다 제지당했습니다. 그가 청량리정신병원에서 '정신이상'으로 치료받는 현상을 사회부의 사건기자를 하면서 취재한 적이 있습니다. 부모님 뵈러 고향 가는 것이 정신이상입니까? 인간으로서 당연히 지켜야 할 예의를 정신이상으로 몰아버리는 일이 민족과 국토의

"1975년 4월, 봄날의 이른 새벽이었다.
그는 비몽사몽으로 잠을 설치고 있었다.
갑자기 등골이 서늘해졌다.
점심때 통신이 돌았다. 새벽에
인혁당 했다 해서 잡혀와 사형선고 받은
8명이 한꺼번에 처형됐다는 것이었다."

분단으로 일어납니다.

박종일 자기 집 앞에서 통금에 걸린 사람이 반공법 위반으로 교도소에 온 것을 보았습니다. 우리 집이 바로 저기니깐 통금위반 봐달라고 하다가 경찰과 언쟁이 벌어졌답니다. 화가 난 시민이 "대한민국 경찰은 빨갱이들보다 더한 놈들이다"고 말했다 해서 반공법 위반으로 들어왔습니다. 구치소·교도소에는 이런 시시한 사건들로 들어온 사람이 수도 없이 많았습니다.

그해 봄날 처형된 '인혁당' 8명

1975년 4월, 봄날의 이른 새벽이었다. 그는 비몽사몽으로 잠을 설치고 있었다. 갑자기 등골이 서늘해졌다. 뭔가 이상하다, 이상하다 했는데, 날이 밝아 보니 서울 서대문구 현저동 교도소 뒷산을 무장한 경찰이 포위하고 있었다. 아, 무슨 일이 있긴 있구나 했다. 점심때 통신이 돌았다. 새벽에 인혁당 했다 해서 잡혀와 사형선고 받은 8명이 한꺼번에 처형됐다는 것이었다.

박종일 내가 머물고 있던 19사상(舍上) 12호 독방과 멀지 않은 곳이 처형장이었습니다. 너무나 엄청난 비극이 벌어졌는데, 시시한 내 이야기가 낄 수 있겠습니까. 숨겨간 그들에게, 한없이 긴 옥살이를 한 사람들에게, 너무 미안한 일이지요. 그래서 저는 제 이야기를 하지 않습니다.

그때 그는 그곳에서 재일동포 공학자 김철우 씨를 만났다. 포항제철을 설립할 때 공장을 설계한 사람인데, 그가 '간첩'으로 들어왔다. 2011년 11월 5일자 『한겨레』는 정남구 도쿄 특파원의 의미 있는 기사를 실었다. 바로 김철우 박사(85세)에 관한 기사다.

어느 날 간첩이 된 포항제철 건설의 주역 김철우 박사

"도쿄대 대학원을 나온 김 박사는 재일동포로서 첫 번째로 일본공무원(도쿄대 연구교수)이 되었다. 동포들의 자랑이요 희망이었다. 1968년부터 포항종합제철의 설립과 관련해 온갖 조력을 다했다. 1970년대부터는 한국과학기술연구원(KIST) 중공업연구실장을 맡아 제철소 전체의 그림을 그렸다. 포철 1호기 용광로를 사실상 설계한 게 그였다. 1971년부터는 포스코의 간곡한 요청으로 도쿄대를 휴직하고 기술담당 이사로 공장 설립을 이끌었다. 포스코 사료박물관엔 당시 그의 역할을 보여주는 박태준 사장과 주고받은 편지들이 지금도 여러 통 보관되어 있다.

그는 1973년 공장 준공을 한 달여 남겨두고 갑자기 보안사령부에 끌려갔다. 보안사는 그를 '기간산업에 침투한 거물간첩'이라고 발표했다. 얼마 뒤 그를 만나러 서울에 온 동생(홋카이도 대학 조교수)을 포함해 간첩 11명을 체포했다고 보안사는 발표했다. 결국 김철우 박사는 징역 10년을 선고받고 6년 반을 복역했다. 일본의 지식인들과 재일동포들의 무죄탄원이 큰 물결을 이루었으나 아무 소용이 없었다. 유신헌법이 공포된 지 얼마 되지 않은 무렵의 일이었다.

일본에서 태어나 자란 그는 석방 뒤 도쿄로 돌아갔다가 1980년 영구귀국했다. 포스코에서 부사장 대우로 일했고 지금도 한국의 중소기업들을 도우며 지낸다.

김철우 박사는 1970년대 분명 북한에 다녀왔다고 했다. 그의 큰형을 비롯한 '귀국선'을 탄 형제들을 만나게 해주겠다는 이의 꾐에 빠졌다는 것이다. 그러나 북한은 그의 형제를 만나게 해주지 않았다. 이용하려고만 했다. 물론 그는 북한의 제의를 거절했다. 그것이 전부였다.

그는 유죄판결을 받고 교도소에서 손목의 동맥을 잘라 자살을 시도했다. 그 뒤 그는 모든 것을 있는 그대로 받아들이고 아무도 원망하지 않기로 했다고 한다.

재일동포들 가운데는 김철우 박사와 비슷한 불행을 겪은 이가 적지 않다. 160여 명이 간첩으로 몰려 인생이 망가졌다. 일본에서 차별받고 조국에 버림받는 것도 모자라, 독재정권의 희생양까지 됐다. 몇 해 전부터 그들이 하나둘 재심을 신청했고,

진실이 드러나고 있다. 지금까지 10명의 재심이 개시돼, 5명은 이미 무죄를 선고받았다. 김철우 박사에게도 하루빨리 재심 개시 결정을 내리고 진실을 밝혀주기를 간절히 바란다 ……."

2007년 1월 23일 법원은 인혁당 재건위원회 사건 재심공판에서 모든 사안에 대해 '무죄'를 선고했다. 사형이 집행된 지 32년 만의 판결이었다. 이른바 1964년에 조직되었다는 인혁당은 서클 수준의 조직이었고, '인혁당재건위원회'는 실재하지도 않았다는 것이다. 그러나! 8명은 이미 권력에 의해 형장의 이슬로 사라지고 말았다. 가슴을 치고 친들 무슨 소용이 있단 말인가.

38년 만에 무죄가 된 또 하나의 간첩단 사건

그 봄의 어느 날 '유럽 거점 지식인 간첩단 사건'으로 구속되어 재판을 받고 있던 김장현 씨가 운동하러 가면서 그의 독방을 지나가다가 한마디 건넸다.

"정신줄 놓으면 안 된다. 들어보니 자네 혐의는 별것 아닌 것 같아. 중형은 안 받을 것 같으니, 책이나 열심히 읽어요."

처음엔 그가 누구인지 몰랐다. 가족면회도 안 되고, 변호사 면담도 안 되는 독방에 있었기 때문에 도대체 그 사람이 누구인지 몰랐다. 그러던 어느 날 자신을 소개하는 이야기를 해주었다.

김장현 씨는 경제기획원 공무원이었다. 네덜란드에 있는 국제식량농업기구에 출장갔다가, 동베를린에 잠깐 놀러 갔었는데, 그것이 간첩행위였다고 잡혀와서 고문당하고 재판받고 있다는 것이었다. 그때 그를 안내한 사람이 필요하다 해서 통계청에서 펴낸 통계자료집 한 권을 보내준 것이 간첩행위라는 것이었다.

석방 후 알게 되었지만 중앙정보부는 1973년 10월에 김장현 씨를 비롯해 해외연수 공무원들과 유학생 출신 교수, 회사원 등 54명을 묶어 '유럽 거점 지식인 간첩단 사건'으로 발표했다. 당시 이 사건에 연루되었던 서울대 법대 최종길 교수가 조사받던 중 의문사를 당하기도 했다. 1975년 김장현 씨는 대법원으로부터 징역 4년 자격정지 4년을 확정선고 받았다.

그로부터 38년이 지난 2012년 1월 대법원은 김장현 씨(77세)에게 무죄를 선고했다. 고문과 폭력에 의한 허위자백은 유죄가 될 수 없다는 원심판결을 그대로 받아들였다. 그러나 그는 그동안 간첩누명을 써야 했고, 그 어디에 취직도 못 하는 고단한 삶을 살아야 했다. 7년 전에는 뇌경색까지 덮쳤다.

김장현 씨는 2012년 6월 11일 국가로부터 보상받은 2억 5천만 원 가운데 일부를 분당의 대안학교인 이우학교에 기부했다. 그의 무죄판결을 위해 애썼던 이들이 이우학교를 위해 일한다는 소식을 듣고 그렇게 하기로 결심했다는 것이다.

이 나라의 정치권력은 국민들을 이렇게 고문하고 사건을 조작하는 통치를 해왔다. 민족성원들을 고문하고 사건을 조작한 것이 정통성 있는 것으로, 때로는 용인·비호되고 있는 것이 이 나라의 현실이다. 그 권력의 하수인이었던 자들이 아직도 활개를 치고 다닌다.

그곳에서 고전을 읽었다

박종일 한편으로는 마음이 편했습니다. 처형당하는 사람들도 있는데 했습니다. 수많은 사람들이 고문당하고 있는데 했습니다. 제 사정을 아는 간수가 이런저런 이야기도 해주었습니다. 무엇이 옳은지를 그는 알고 있었습니다. 온몸의 맥이 풀리는 것 같았지만, 그러면서도 잘됐다 싶었습니다. 책이나 읽자 했습니다. 제대로 읽지 못한 책을 읽을 수 있었습니다.

그는 고전을 읽자 했다. 역사와 철학을 집중 독서했다. 플라톤의 『국가』를 두 번 읽었다. 집권자가 어떤 철학을 갖고 있느냐가 정말 중요하다는 생각을 했다. 아리스토텔레스의 『니코마코스 윤리학』과 루소의 『참회록』을 읽었다. 『성서』를 독파했다. 신앙으로서가 아니라 고전으로서 읽었다. 특히 「시편」 「아가」 「잠언」 「전도서」를 읽으며 감동했다. 내용도 그렇지만 그

표현이 참으로 아름다웠다.

"헛되고 헛되니, 모든 것이 헛되도다."

「전도서」의 첫 구절, 얼마나 아름다운 표현인가.

"풀들이 누우면 바람이 부는 줄을 알아도, 바람이 어디서 불어와서 어디로 불어가는지를 사람들은 알지 못하는도다."

인간들이 시대의 징조를 알지 못한다는 이야기다.

"그대의 풍성한 머리는 사이프러스의 삼나무와 같고, 그대의 흰 이는 페르시아의 석류와 같다."

학교 다닐 때 읽었지만 함석헌 선생의 『뜻으로 본 한국역사』를 다시 읽었다. 역사란 항상 앞으로 가는 것은 아니다. 뒤로 돌아가! 하면 뒤에 가던 우리가 일등이 된다는 표현이 나온다. 역사변혁·인간혁명을 함석헌 선생은 말하고 있는 것이다.

1975년 가을에 그는 석방되었다. 바로 방위병 징집영장이 나왔다. 1년 6개월 근무했다. 그러곤 1977년 초에 주식회사 쌍용에 취직해서 1988년까지 일했다. 다시 삼보컴퓨터로 옮겨 2002년까지 임원으로 일했다.

이 민족공동체가 어디로 갈 것이냐는 주제가 나의 중심독서

박종일 1977년부터 돈을 버니깐 이 책 저 책 사모을 수 있었습니다. 한길사의 책들을 '묻지 마 구입'할 수 있었던 것은 제 스스로 돈을 번 덕분이었습니다.

김언호 박 선생이 책을 선택할 때나 구입할 때 '조건'이라면 어떤 것이 있을까요?

박종일 우리 근·현대사의 정치·경제적 흐름을 살펴보면서, 앞으로 우리 민족공동체와 국가공동체가 어디로 갈 것이냐, 이런 문제를 논의하는 책을 첫 번째 조건으로 삼습니다. 그리고 이 책이 살아 남아서 다음 세대에도 읽힐 것이냐가 두 번째 조건이라면 조건입니다. 나의 이런 기준에 맞는 책들을 펴내는 출판사는 별로 없는 것 같습니다.

김언호 박 선생의 경우 책을 읽는 특별한 방법이 있습니까?

박종일 저는 학문을 하는 사람이 아니기 때문에 모든 책을 다 읽지는 않지만, 서문과 서론을 정독해도 책의 80퍼센트는 읽는다는 독서관 같은 걸 갖고 있습니다.

읽고 싶은 책들 리프린트 작업

1978년 '독자 박종일'은 그의 독서를 위한 새로운 작업을 펼치게 된다. 보다 본격적인 독서를 해보려 하지만, 국내에서는 그의 지적 욕구에 부응하는 책들이 별로 출간되지 않았다. 『포린 어페어』 『미국사회학보』 『미국역사학보』 등의 간행물을 정기구독해서 읽는 한편 이들 연구지들에 실리는 서평을 보고 책을 골라 해외에 직접 주문해 읽기도 했다. 주문한 책들이 검열에 걸려 빼앗기기도 했다.

박종일 그러면서 나 같은 독자들이 있겠구나 싶어, 역사·사회과학·철학서들을 '리프린트'하는 작업을 했습니다. 그때 리프린트한 책들이 아담 울람의 『러시아의 실패한 혁명』, 에드워드 사이드의 『오리엔탈리즘』, 폴 스위지의 『현대자본주의』, 사미르 아민의 『불평등한 발전』, 앨빈 굴드너의 『지식인의 미래와 새로운 계급의 대두』 등입니다. 한편으로는 학술지 등을 통해 책을 선택하고, 다른 한편으로는 이들을 리프린트로 제작해서 지식인들 사이에 보급했습니다. 제작부수는 100부, 200부 정도였습니다. 낮에는 회사에 다니면서 저녁에 그랬으니 '주경야독'이라고나 할까요. 물론 국제저작권 협약에 우리가 가입하기 이전이었습니다.

1981년까지 3년 동안 문제적인 원서들을 리프린트해서 지식인들 사이에 공급한 책들이 400여 종이 더 된다. 독자 박종일은 "한국사회에 진보적 이론을 공급하는 데 약간의 기여를 하지 않았을까" 생각하면서 그 시대를 되돌아보는 추억을 갖고 있다.

김언호 그 시기에 이뤄진 리프린트 책들, 특히 진보적인 영어 원서를 리프린트해서 만든 책들은 현대한국의 지성사에 중요한 의미를 갖는다고 생각합니다. 저는 80년대에 한동안, 특

히 진보적인 리프린트 책들의 지성사적 역할에 대해 조사·연구해보는 작업을 진행한 적이 있습니다. 이른바 사회과학·인문과학 책들을 갖춰 놓고 판매하는 '새로운 서점' 운동도 그 문제의식으로 80년대의 출판운동과 연계되어 있다 할 것입니다. 어떤 책들이 얼마나 제작되어 유통되었고, 얼마나 많은 사람들이 읽었는가 하는 것은 아주 흥미로운 시대의 징후일 것입니다. 한 권의 책이 때로는 한 시대를 진동시킨다는 사실을 저는 책을 만들면서 체험하고 있습니다.

박종일 사무실 하나 얻어 여직원 한 명 두고 진행한 저의 이 주경야독은 제 주머니에서 돈을 내지 않게 했습니다. 손해보지 않고 그 일을 했습니다. 지금도 초기에 작업한 5, 60권을 갖고 있습니다. 이들 책들에 대한 문제의식은 각 타이틀과 그 내용으로 알 수 있듯이 한길사 책의 문제의식과 맥을 같이한다고 볼 수 있습니다. 한길사의 시대정신은 곧 저의 독서관과 연계되는 문제의식입니다.

대치동 헌책방에서 헤이리 소식 듣고

그의 책에 대한 문제의식과 열정은 오늘도 쉼 없지만, 1997년의 어느 날 독자 박종일은 대치동의 한 헌책방을 방문하는데, 그 책방 주인이 말해주었다. 일련의 출판인들이 파주에 책방마을 같은 것을 추진하고 있다고. 그 중심에 한길사 김언호 대표가 서 있다고.

박종일　이건 믿을 만하겠다, 굉장히 의미 있는 일이자 흥미로운 실험이라고 생각했습니다. 실패해도 괜찮겠다는 생각을 했습니다. 1998년 연초에 가입비 2,000만 원을 은행에서 대출받아 집사람에게 이야기도 하지 않고 추진위원회 사무국에 납부했습니다. 이 기가 막힌 실험에 2,000만 원 날려보내도 좋다고 생각했습니다.

김언호　예술인마을 헤이리가 그렇게 만들어지지요. 사실 경악할 일을 우리가 함께 저지른 셈이 됩니다. 국가기관도 아니고 삼성 같은 큰 회사도 아닌데, 몇백 명이 우리를 믿고 돈을 내기 시작했으니까요.

박종일　오늘도 우리는 실험을 하고 있지 않습니까. 문제가 없지 않지만 일련의 로맨티스트들이 모여 꿈꾸는 프로그램들을 하고 있으니까요. 저는 김 사장과 함께 헤이리 운동에 동참한 것을 일생일대에 저지른 가장 획기적이고 창조적인 실험이라고 생각하고 있습니다.

김언호　이제 박 선생은 전문번역가로서 후반기 생을 새롭게 꾸리고 있습니다. 지금 하고 있는 프로그램들에 대한 이야기를 듣고 싶습니다.

미국은 어떤 나라인가를 천착하다

박종일　미국이 국제사회에서 하는 걸 보면서, 미국이란 나라가 도대체 어떤 나라인지를 본격적으로 천착하기 시작했습니다. 사실은 1990년대 중반부터였습니다. 미국의 본질과 본능을 비판적 관점에서 살펴보아야 한다는 것입니다. 제가 번역한 책들은 대부분 촘스키 등 미국의 진보사상가들의 문제의식에 기반하고 있습니다.

전문번역가들은 출판사의 의뢰를 받아 번역작업을 하게 되는데, '독자 박종일'은 번역할 책을 스스로 선택하고 번역해서 잇따라 책을 내고 있다. 그것도 한두 권이 아니다. 친구가 경영하는 출판사 인간사랑이 그의 책을 맡아 출간해내고 있다. 어떤 책은 좋아서 읽다가 번역까지 하는 경우도 있다. 그러나 이미 출간되었기 때문에 출간하지 못하고 원고 그대로 그의 서재에 쌓여 있는 것도 여럿 있다. 참으로 대단한 독서가라고 하겠다. 나는 우리의 기획출판을 그에게 부탁하기도 한다.

그가 번역해낸 책들을 살펴보는 것도 흥미롭다. 일관된 책 읽기와 공부하기, 그리고 그의 문제의식을 잘 보여준다. 미국의 제국주의적 속성을 비판적으로 소개하는 『벌거벗은 제국주의』(벨라미 포스터), 기독교 근본주의가 미국 정치에 미치는 문제점들을 분석한 『다원주의와 지적 설계론』(벨라미 포스터 외),

무한한 성장 욕구를 본질로 하는 자본주의의 자연정복을 비판하는『생태혁명』(벨라미 포스터), 독점금융자본주의의 본능과 문제점을 분석한『대금융위기』(벨라미 포스터 외) 등이 그가 번역해낸 책들이다.

벨라미 포스터는 미국의 진보잡지『먼슬리 리뷰』(*Monthly Review*)의 편집장이다. 이밖에 1920년대 미국 자본주의의 번영기에 소외된 시민들을 대변한 진보정치인 라과디아 의원의 평전『라과디아』(하워드 진), 역대 미국 대통령선거의 이면을 다룬『미국 대통령선거 이야기』(조지프 커민스), 유물사관에 기초한 최초의 중국통사인『중국통사』(전 2권, 范文瀾)도 있다. 경제학자 호안강(胡鞍鋼)의『중국정치경제사론』과 해리슨 솔저베리의『장정』을 번역해놓았다.

창조적인 예술과 인문적 담론

박종일 제가 헤이리에 들어온 당초의 또 하나의 희망은 그동안 제가 모아놓은 책들을 죽을 때까지 실컷 읽어보자는 것이었습니다.

그가 얼마 전 새로 마련한 작은 공간에 한 지인이 북카페를 하고 있다. 그 공간에 그가 갖고 있는 책들을 일부 비치해놓았다. 사람들이 찾아와서 차를 마시면서 이야기를 나눌 수 있는 사랑방이다.

박종일　헤이리에는 많은 전시공간이 있습니다. 저는 저의 취향과 자료로 무언가를 해야 한다는 생각입니다. 인문적 담론의 공간이었으면 합니다. 제가 읽고 번역한 책들에 대해서도 이야기할 수 있을 것 같습니다.

김언호　당초 헤이리를 구상하면서, 문화예술공간들에서 미술·음악과 함께 인문적 담론이 다양하게 펼쳐지는 풍경을 저는 기대했습니다. 헤이리는 인문적 담론공간이 더 강조되어야 한다는 생각을 지금 절실하게 하고 있습니다. 창조적인 예술이란 인문적 인식과 이론입니다.

박 선생의 전문적 독서와 성찰과 번역작업은 헤이리에 큰 의미를 가집니다. 박 선생의 높은 수준의 독서편력과 실천은 하나의 감동입니다. 박 선생의 저간의 독서편력이 우리가 살고 있는 헤이리 마을에서 반듯한 삶의 공동체를 구현하는 데 하나의 큰 문헌이 되었으면 합니다. 오늘 우리가 나눈 이야기도, 헤이리란 무엇이며, 왜 우리가 헤이리를 기획했는지를 제대로 인식하는 데 어떤 도움이 되었으면 하고 기대해봅니다.

오스터함멜의 『대변혁: 19세기의 역사풍경』 번역

그는 다시 『아편전쟁에서 5·4운동까지』를 번역했다. 1981년 중국 인민출판사에서 나왔다. 저자 후승(胡繩, 1918~2000)은 중국공산당 혁명에 직접 참가했고 중국사학과 원장을 역임했다. 이 책은 중국공산당 학교의 교재로 사용되었다. 아편전쟁에서부터 태평천국, 양무운동, 무술변법, 의화단운동, 신해혁명, 5·4운동까지 중국이 외세와 싸우던 고난의 근·현대사를 다뤘다.

2004년 중국에서 출간된『중국의 형상』(1, 2)을 번역했다. 저자 저우닝(周寧)은 중·서 교류사를 연구한 신진학자다. 그리스 시대부터 현대에 이르기까지 서양이 중국을 어떤 형상으로 인식해왔는지를 다루었다. "중국은 서양인들의 필요에 따라 천당, 유토피아에서 야만의 제국에 이르기까지 각색되어 왔다"고 저자는 기록했다.

한길사가 2022년에 펴낸『대변혁: 19세기의 역사풍경』(전 3권)을 번역했다. 위르겐 오스터함멜이 2009년에 써낸 거작이다. "역사를 파노라마처럼 기록하는 창조적인 방식을 구사한다. 과거일 뿐만 아니라 현재의 기원이 되는 19세기의 두 얼굴에 대해 이야기한다"는 평가를 받는다. 이 책은 '한길그레이트북스' 시리즈에 포함되었고 2021년도 한국출판문화상 번역부문 수상 후보작으로 선정되기도 했다. "청년 시절의 지적 탐색의 노정에서 한길사는 나의 중요한 이정표였다. 반세기가량 한길사의 독자였다가 노년에 한길사의 역자로 '변신'하였으니

역자 개인으로서는 뜻깊은 기념비 같은 책이다"고 했다.

뭘 고통받았다고 재심에 참여하겠나

젊은 시절의 '간첩단 사건' 후일담이 우리의 가슴을 친다. 1975년 말 겨울에 구치소 문을 나선 후 43년이 지난 2021년 12월 말 한 변호사 사무실로부터 전화 연락을 받았다. "간첩단 사건의 공동피고였던 분들이 재심을 청구하려 하는데 동참하시겠냐"고 물어왔다. 변호사를 면담하는 자리에서 "나는 재심 청구에 참여하지 않겠다"는 그의 뜻을 밝혔다.

"그 사건으로 나는 경미한 판결을 받았고(징역 1년, 집행유예 3년) 이후 사회생활 과정에서 그로 인해 크게 불이익을 받은 바가 없습니다.

내가 구치소에서 직접 들은 인혁당 관계자들의 사형집행과 같은 시기에 구치소에 있었던 그밖의 굵직한 '공안사건' 관련자들에 비해 나는 피라미라서 나서기에 부끄럽습니다. 그러나 무엇보다도, 취중에 시국담 한마디 한 탓에 국가보안법, 반공법으로 감옥에 끌려와 법률이 정한 어떤 도움도 받지 못하고 1년씩 머물다 나간 수많은 장삼이사들을 생각하면 가슴이 아프고, 누군가 그들을 위해 재심이든 사면이든 나서주는 것이 먼저 할 일입니다. 재심에서 무죄판결이 난 '간첩단 사건'이 여럿 있어서 사회적으로 이미 인식이 많이 바뀌었으니 그것만으로 나를 위한 정신적인 위로는 충분합니다.”

도덕과 정의가 부재한 권력의 하급 기술자들

변호사 면담 과정에서 다음과 같은 사실도 알게 되었다. 사형판결을 받은 주범은 판결이 확정된 1년 뒤에 석방되어 일본으로 돌아갔다. 그러나 실형을 선고받은 두 공동 피고인은 형기를 다 채우고 출옥했다. 주범은 일본으로 돌아간 뒤에도 아무 제약 없이 사업차(한국으로부터 농산물 수입) 수시로 입국했다는 것이다.

그는 이 이야기를 듣고 미칠 듯한 분노를 느꼈다. 그러나 그의 감정적인 최종 귀착점은 끝없는 슬픔과 연민이었다. 법에서 정신을 빼버리고 권력에서 도덕과 정의를 빼버린 법과 권력의 하급 기술자들이 그 시대를 풍미했구나, 그들은 지금 안락한 노후를 즐기며 지난날을 자랑스러워할까. 그는 변호사에게 말했다.

“재심 변론으로만 끝내지 마십시오. 재심에서 무죄판결 받은 사건의 원심 기소검사와 판결법관의 이름과 행적을 기록하여 역사가 기억하게 하십시오.”

Exploring the Bookshelves:
Walking in the Forest of Books with the Masters in Our Time

Text & Photographs by Kim Eoun Ho
Published by Hangilsa Publishing Co. Ltd., 2023
Text & Photographs ⓒ 2023 by Hangilsa Publishing Co. Ltd.

김언호의
서재 탐험

글·사진 김언호
펴낸이 김언호

펴낸곳 (주)도서출판 한길사
등록 1976년 12월 24일 제74호
주소 10881 경기도 파주시 광인사길 37
홈페이지 www.hangilsa.co.kr
전자우편 hangilsa@hangilsa.co.kr
전화 031-955-2000~3 **팩스** 031-955-2005

부사장 박관순 **총괄이사** 김서영 **관리이사** 곽명호
영업이사 이경호 **경영이사** 김관영 **편집주간** 백은숙
편집 박희진 노유연 이한민 박홍민 김영길
관리 이주환 문주상 이희문 원선아 이진아 **마케팅** 정아린
디자인 창포 031-955-2097
인쇄 제책 신우

제1판 제1쇄 2023년 5월 25일

값 22,000원
ISBN 978-89-356-7827-3 03800

출판인 김언호 金彦鎬

1968년부터 1975년까지 동아일보 기자로 일했으며,
1976년 한길사를 창립하여 2023년 47주년을 맞았다.
1980년대부터 출판인들과 함께 출판문화와
출판의 자유를 인식하고 신장하는 운동을 펼치는 한편
1998년 한국출판인회의를 창설하고 제1·2대 회장을 맡았다.
2005년부터 2008년까지 한국문화예술위원회 제1기 위원을 지냈다.
2005년부터 한국·중국·일본·타이완·홍콩·오키나와의
인문학 출판인들과 함께 동아시아출판인회의를 조직하여
동아시아 차원에서 출판운동·독서운동에 나섰으며
2008년부터 2011년까지 제2기 회장을 맡았다.
1980년대 후반부터 파주출판도시 건설에 참여했고
1990년대 중반부터는 예술인마을 헤이리를
구상하고 건설하는 데 주도적인 역할을 했다.
『출판운동의 상황과 논리』(1987), 『책의 탄생 I·II』(1997),
『헤이리, 꿈꾸는 풍경』(2008), 『책의 공화국에서』(2009),
『한권의 책을 위하여』(2012), 『책들의 숲이여 음향이여』(2014),
『김언호의 세계서점기행』(2016), 『그해 봄날』(2020)을 써냈으며
2023년에 책사진집 『지혜의 숲으로』를 펴냈다.